Die Hauptpersonen

(in alphabetischer Reihenfolge)

Prof. Dr. Frederik Berggrün	ist ein herausragender Arzt
Anton Brinkhoff	kommt im richtigen Augenblick
Dr. Hans Burger	liebt seine Tochter und sich selbst
Brigitte Burger	liebt ihre Tochter mehr als sich selbst
Dr. med. Henri Cornett	hat ein Händchen für Gewagtes
Kristin Faber	will in Würde sterben
Frank Faber	wird das Herz gebrochen
Liesel (Libussa) **Faber**	kennt keine Skrupel
Maria Grappa	überwindet eine Krise
Peter Jansen	bleibt sich selbst treu
Nik Kodil	kann nicht widerstehen
Bruno Schlagholz	kommt nicht zum Zuge

Ich bin die Wunde, bin der Stahl,
Ich bin der Streich und bin die Wange,
Ich bin das Glied und bin die Zange
Und bin der Quäler und die Qual!

Am eigenen Herzen muß ich saugen –
Bin von der Ausgestoßenen Schar,
die lachen müssen immerdar
Und niemals mehr zum Lächeln taugen!

Auszug aus dem Gedicht *Der Heautontimorumenos* von Charles Baudelaire

GrafiTäter & GrafiTote

Leo P. Ard/Michael Illner: Flotter Dreier - Gemischtes Doppel • *Leo P. Ard/ Reinhard Junge:* Der Witwenschüttler - Meine Niere, deine Niere - Die Waffen des Ekels - Das Ekel schlägt zurück - Bonner Roulette • *Dorothee Becker:* Mord verjährt nicht - Der rankende Tod • *Jacques Berndorf:* Eifel-Sturm - Eifel-Jagd - Eifel-Rallye - Eifel-Feuer - Eifel-Schnee - Eifel-Filz - Eifel-Gold - Eifel-Blues • *Horst Bieber:* Eckhoffs Fall - Kaiserhof • *Horst Eckert:* Finstere Seelen - Aufgeputscht - Bittere Delikatessen - Annas Erbe • *Christoph Güsken:* Pommes Rot-Weiß - Angsthase, Pfeffernase - Spiel's nicht noch mal, Henk - Mörder haben keine Flügel - Schaumschlägers Ende - Bis dann, Schnüffler • *Harald Irnberger:* Ein Krokodil namens Wanda - Das Schweigen der Kurschatten - Geil - Stimmbruch - Richtfest • *Andreas Izquierdo:* Jede Menge Seife - Das Doppeldings - Der Saumord • *Annette Jäckel:* Talk • *Reinhard Junge/Leo P. Ard:* Das Ekel von Datteln • *Reinhard Junge:* Straßenfest - Totes Kreuz - Klassenfahrt • *Jürgen Kehrer:* Vorbildliche Morde - Der Minister und das Mädchen - Irgendwo da draußen - Das Schapdetten-Virus - Das Kappenstein-Projekt - Bären und Bullen - Spinozas Rache - Schuß und Gegenschuß - Wilsberg und die Wiedertäufer - Kein Fall für Wilsberg - Gottesgemüse - In alter Freundschaft - Und die Toten läßt man ruhen • *Agnes Kottmann:* Tote streiken nicht • *Leenders/Bay/Leenders:* Ackermann tanzt - Eulenspiegel - Clara! - Feine Milde - Jenseits von Uedem - Belsazars Ende - Königsschießen • *Fabian Lenk:* Der Gott der Gosse - Mitgefangen, mitgehangen - Schlaf, Kindlein, schlaf - Brandaktuell • *Hartwig Liedtke:* Scharfe Schnitte - Tod auf Rezept - Klinisch tot • *Heike Lischewski/Stefanie Berg:* Bananensplit • *Reiner Nikula:* Tödliches Schach - Ein Stückchen Hirn • *Theo Pointner:* Und du bist weg! - Rechts-Außen - Einer nach dem andern - Scheinheilige Samariter - Tore, Punkte, Doppelmord • *Beate Sauer:* Der Heilige in Deiner Mitte • *Niklaus Schmid:* Der Hundeknochen - Die Wettreise • *Ursula Steck:* Alles im Fluss • *Werner Schmitz:* Auf Teufel komm raus - Dienst nach Vorschuß - Nahtlos braun • *Gabriella Wollenhaupt:* Zu bunt für Grappa - Grappa-Baby - Grappa und die fantastischen Fünf - Killt Grappa! - Grappa und der Wolf - Grappa fängt Feuer - Grappa dreht durch - Grappa macht Theater - Grappas Treibjagd - Grappas Versuchung • *Jan Zweyer:* Siebte Sohle - Alte Genossen - Glück auf, Glück ab

grafit

Chemnitzer Str. 31, D-44139 Dortmund
Internet: http://www.grafit.de
E-Mail: Grafit-Verlag@t-online.de

Umschlagzeichung: Peter Bucker
Druck und Bindearbeiten: Elsnerdruck GmbH, Berlin
ISBN 3-89425-207-3
2. 3. 4. 5./2000

Liesel-Libussa

Auf dem Flur war Ruhe eingekehrt. Er sah sich um, wagte kaum Luft zu holen, versuchte, zwei, drei Sekunden in die Zukunft zu schauen, dann wüßte er, ob ihn jemand beobachten und später würde identifizieren können. Doch niemand war da. Er tat einen energischen Schritt vorwärts zur Tür, drückte sie auf. Die junge Frau lag allein im Zimmer. Die Nachttischlampe war abgedunkelt, die Fenster verhangen. Er trat näher. Sie gab keine Reaktion von sich, wie auch? Seine Hand griff nach der Bettdecke, zog sie zurück. Er atmete schwer, als er ihr Nachthemd hochschob.

»So kannst du das nicht schreiben«, meinte mein Freund Nik.

»Ich mag's nicht, wenn mir jemand beim Arbeiten über die Schulter guckt«, maulte ich.

»Da läuft einem ja der Grusel den Rücken runter«, setzte er nach.

»Du kannst die Leute nur noch packen, wenn du ihre niedrigsten oder hehrsten Gefühle erwischst«, dozierte ich. »Willst du, daß ich deinem Freund helfe, oder soll ich's lassen?«

»Okay«, lenkte Nik ein. »Du bist der Profi. Aber laß wenigstens den letzten Satz weg. Damit die Perversen sich nicht aufgeilen. Frank hat es ohnehin schwer genug.«

»Gut.« Ich löschte den letzten Satz wieder. »Ist Wein da?«

»Wein ist doch immer da.« Nik sprang auf und eilte in die Küche.

Sekunden später stand er mit einem gefüllten Glas wieder vor mir.

»Danke, Schatz«, gurrte ich. »Ich mag aufmerksame Männer, die genau wie ich dem Alkohol verfallen sind.«

»Sei ehrlich, Grappa-Baby«, grinste er, »du magst eigentlich nur Männer, die dich rund um die Uhr bedienen.«

»Kann sein.« Ich stellte den PC aus. »Doch für einen Butler bist du noch ein bißchen zu jung und zu wenig devot. Du gibst manchmal zu viele Widerworte. Da müssen wir noch ein bißchen was dran tun.«

»Jetzt gleich?«

Ich lachte. »Verlockende Vorstellung. Aber – lenk mich nicht ab. Wir essen eine Kleinigkeit, und dann muß ich wieder an die Arbeit.«

Nik deutete eine Verbeugung an. »Es ist bereits serviert, Madame!«

Ich tänzelte zum Eßtisch, auf dem sich zahlreiche Köstlichkeiten aus dem Delikatessenladen tummelten. Nik hatte sie possierlich drapiert. Wir setzten uns.

Ich betrachtete ihn. Eigentlich wollte ich nie mit einem Mann zusammenleben. Doch bei ihm hatte ich nicht widerstehen können. Manchmal, nachts, wenn ich neben ihm lag und ihn atmen hörte, überlegte ich, wie lange ich wohl glücklich sein würde. Ein Jahr? Oder zwei? Bestimmt nicht länger.

»Wie werden eigentlich Koma-Patienten ernährt?« Nachdenklich schob ich mir ein mariniertes Artischockenherz zwischen die Zähne.

»Die kriegen irgendwelche Flüssigkeiten eingeflößt«, antwortete mein Freund, während er seinen Blick über die verschiedenen Salate schweifen ließ. »Mir wär's aber lieber, wir würden das Thema jetzt lassen.«

»Du hast mal wieder recht, Süßer«, seufzte ich. Ich griff nach der letzten frischen Feige, biß ein Stück ab und reichte sie Nik. »Iß, mein Schatz, du mußt noch wachsen.«

In diesem Augenblick klingelte das Telefon. Nik wollte aufstehen, doch ich hielt ihn zurück. »Laß uns erst mal hören, wer dran ist.«

Der Beantworter erzählte mit meiner Stimme, daß der Anrufer die Nummer von Maria Grappa und Nik Kodil gewählt hatte, daß beide nicht zu Hause seien und er eine Nachricht hinterlassen solle – nach dem Piepston.

»Hallo, Nik, hier ist Frank. Geh bitte dran, wenn du zu Hause bist! Bitte, es ist dringend.«

Nik hob den Hörer ab, lauschte und sagte dann: »Okay, bis gleich.«

»Kommt er her?« fragte ich.

»Ja.«

»Na, dann ade, schöner Sonntag abend.«

»Grappa! Ich kann ihn nicht hängen lassen!«

»Weiß ich doch«, murmelte ich. »Du hast ein gutes Herz. Zu gut. Deshalb mag ich dich ja.«

Ich räumte ein paar Sachen vom Tisch, ließ nur Wein, Wasser, Brot und Oliven stehen.

Seit vier Wochen lebten Nik und ich zusammen, seit genau drei Wochen hatte er diesen Frank Faber an der Hacke. Ein Fall von Männerfreundschaft. Und seit genau drei Wochen war es mit unserem harmonisch-ruhigen Leben vorbei. Stundenlange Telefontherapie, Betreuungsabende, Aufarbeitungsgespräche. Klar, der Mann hatte viel mitgemacht: einen üblen Autounfall, an dem er schuldig war und bei dem seine Frau Kristin schwer verletzt wurde. Fünf Monate lag sie nun schon im Koma, und die Ärzte wußten nicht, ob sie jemals die Augen würde wieder aufmachen können.

Frank und Nik waren seit ihrer gemeinsamen Schulzeit Freunde. Sie hatten sich zwischendurch aus den Augen verloren, doch als Nik in Sachen Kristin Faber mit den Ermittlungen begann, wurde die Verbindung zwischen den beiden wieder enger. Zu meinem Nachteil.

Um den drohenden Jammerabend mit Langmut durchstehen zu können, kippte ich noch schnell ein Glas badischen Gutedel hinunter.

Und schon machte sich die Klingel an der Wohnungstür bemerkbar. Das mußte dieser unerträgliche Frank sein. Ich zählte leise bis zehn, um ein freundliches Lächeln und einen mitleidumflorten Blick hinzukriegen. Dann ging ich in den Flur.

Nik hatte Frank bereits hineingelassen, doch da war noch wer. Ich blinzelte verdutzt. Die Frau war mindestens einsachtzig, blondbemähnt und schlank. Sie trug einen superkurzen schwarzen Lederrock, hochhackige Stöckel und eine rote Wickelbluse.

Sie übersah mich, schmiegte sich an Nik, küßte ihn auf die Wange und gurrte: »Hallo, Nikolaus. Wie schön, dich wiederzusehen.« Ihre Stimme war ebenfalls blond.

Niks Lächeln war eine Mischung aus Überraschung, Peinlichberührtsein und Dümmlichkeit. Aha, dachte ich, jetzt wird's spannend, mein Mann kommt ins Schwitzen.

»Hallo, Frank«, sagte ich leise und sehr deutlich. »Wen hast du uns denn da mitgebracht?«

»Grüß dich, Maria. Das ist Liesel, meine Schwester, aber sie nennt sich Libussa.«

»Guten Tag.« Noch war ich höflich, meine Sinne allerdings waren geschärft.

Sie hatte ihre Hand inzwischen um Niks Taille gelegt.

»Du duftest immer noch so gut«, gurrte sie und drückte ihren Riechkolben in Niks Halsbeuge – bei der Körpergröße kein Problem.

Was hat dieser Blondinenwitz an meinem Mann zu schnuppern, grollte ich.

Nik schubste sie schnell ins Wohnzimmer, Frank trottete hinterher, ich folgte als letzte.

Mein Freund guckte noch immer kariert, ich spürte, wie die Unmutsfalte zwischen meinen Augenbrauen Canyon-Ausmaße annahm.

»Hallo«, meinte Libussa. Schräggestellte, überschminkte

Augen musterten mich. »Und Sie kümmern sich jetzt um Niki?«

Endlich brachte es Nikolaus Kodil, der Mann, den ich zu kennen glaubte, fertig, sich aus der Umklammerung ihrer langbenagelten Hand zu befreien. Schweißperlen standen auf seiner Stirn.

»Seit wann kennen Sie beide sich?« versuchte ich Small talk.

»Das ist eine lange Geschichte«, hauchte sie und ließ den Blick nicht von meinem Nik. »Damals, da waren wir noch jung und ... unschuldig.« Ein heiseres Lachen folgte, Niks Gesicht hatte die Leuchtkraft einer roten Laterne.

»Unschuldig? Wie meinen Sie das?«

Nik warf mir einen gequälten Blick zu.

»Nun ja«, antwortete Libussa Faber und lächelte vielsagend. »Niki war unschuldig, ich weniger.«

»Liesel«, mischte sich Frank Faber ein, »mußt du immer so eine verdammte Schau abziehen? Ich habe mit den beiden was zu besprechen. Entweder du hältst den Mund, oder du verschwindest.«

»Ist ja schon gut.« Libussa stöckelte schmollend zum Sofa und plazierte sich. Die langen Schenkel übereinandergeschlagen, einen Arm locker auf die Lehne gelegt, der andere spielte mit dem Blondhaar. Ihre Oberweite hatte Dolly-Buster-Format.

»Was machen Sie beruflich?« fragte ich. Es wurde Zeit, sich der Herausforderung mutig zu stellen.

»Ich bin Model.«

»Interessanter Beruf«, behauptete ich. »Und für wen modeln Sie?«

»Können wir nicht über was anderes reden?« schlug Nik vor. In seiner Stimme war Panik.

Ich warf ihm einen zuckersüßen Blick zu, der jeden Diabetiker zu Boden gestreckt hätte. »Wenn Frank seine liebe

Schwester schon mal mitbringt, sollten wir sie in unsere Unterhaltung miteinbeziehen. Wir wollen doch höflich sein, oder?«

Ich setzte mich neben Libussa, ließ aber eine Lücke zwischen uns. »Komm, Nik«, sagte ich und klatschte mit der Hand auf das Sofa. »Setz dich doch mal in unsere Mitte. Sei ein braver Junge.«

Nik tat es mit finsterem Gesicht und bemühte sich, keiner von uns zu nahe zu kommen, was bei einem zweisitzigen Sofa eigentlich nicht ging, doch er schaffte es.

»Also, noch mal«, nahm ich den Faden wieder auf. »Für wen modeln Sie?«

»Für internationale Modehäuser, hauptsächlich Dessous und Bademoden. Außerdem bin ich Schauspielerin.«

»Ist ja toll«, sagte ich. »Kann man diese Filme im Kino sehen, oder werden sie nur unter dem Ladentisch vertickt?«

»Wie meinen Sie das?« Ich hatte Libussa erschreckt.

»Grappa!« ächzte Nik. »Muß das sein?«

»Ich versuche nur nett zu sein«, log ich.

»Ich glaube, deine Freundin mag mich nicht«, jammerte Libussa, beugte sich nach vorn und schmiegte ihre prall gefüllte Wickelbluse an Niks Oberarm. Er zuckte zurück, als habe ihn ein 220-Volt-Stromschlag erwischt.

»Passen Sie auf, daß Ihnen die Ohren nicht aus der Mütze fallen, Liesel!« warnte ich. »Ich mag keine Silikonflecken auf meinem Parkett.«

Nik sprang auf, war ziemlich sauer. »Ich habe keine Lust auf Weiber-Scharmützel«, sagte er unfreundlich. »Frank, sag endlich, was du willst! Und dann nimm deine verdammte Schwester und mach dich vom Acker.«

Ich hatte auch genug und ließ Liesel sitzen. Frank trottete zum Eßtisch, Nik und ich folgten ihm.

»Tut mir leid«, meinte Niks Freund zerknirscht. »Liesel kam überraschend vorbei. Ich war schon auf dem Weg zu euch, als sie auftauchte. Eigentlich ist sie ganz nett, aber du hast sie wohl auf dem falschen Fuß erwischt. Sie kann mit Ironie nicht umgehen.« Der zweite Teil des Satzes galt mir.

»Ist ja auch eine Frage der Intelligenz«, räumte ich ein. »Vermutlich hat sie andere Qualitäten. Ganz andere!« Ich warf Nik einen wütenden Blick zu, er verzog schmerzlich das Gesicht.

»Heißt sie denn nun Liesel oder Libussa?« fragte ich.

»Libussa ist ihr Künstlername«, erklärte Frank. »Mit Liesel kommt man in dem Metier nicht weit. Aber ich nenne sie normalerweise Liesel, ich kann mit dem dämlichen Namen Libussa nichts anfangen.«

»Vielleicht mag sie Grillparzer«, gab ich zu bedenken.

»Grillparzer?« Frank verstand nur Bahnhof.

»Laß gut sein«, sagte ich mild, »den Literaturkurs verpasse ich euch später.«

»Sag endlich, was anliegt«, versuchte Nik das Thema zu wechseln.

Nachts im Zimmer

Frank Fabers Frau lag nicht nur seit fünf Monaten im Koma, die Ärzte hatten vor vier Wochen festgestellt, daß sie im dritten Monat schwanger war. Nik, Hauptkommissar bei der Bierstädter Kripo, hatte die Ermittlungen aufgenommen. Die hilflose junge Frau war in der Klinik von einem Unbekannten vergewaltigt worden. Ein widerliches Verbrechen.

Auf Bitten von Frank und der Eltern von Kristin Faber war der Fall noch nicht publik geworden. Doch Frank hatte seine Meinung geändert, nachdem Kristins Eltern plötzlich Ansprüche auf das ungeborene Kind anmeldeten, obwohl sie zunächst einem Schwangerschaftsabbruch zugestimmt hatten.

»Jetzt hilft nur noch eine öffentliche Diskussion des Falles«, hatte Frank gesagt und mich gebeten, die Tat an seiner bewußtlosen Frau publik zu machen. Er hoffte, daß seine Schwiegereltern durch eine Veröffentlichung der Geschichte ihre Einstellung nochmals überdenken würden.

Mein erster Artikel zu dem Fall sollte noch in dieser Woche im *Bierstädter Tageblatt* erscheinen, ich wartete nur noch auf Franks Okay.

Da saßen wir drei also. Libussa störte nicht, sie hatte sich eine Zeitschrift geschnappt, tat so, als könnte sie lesen, warf ab und zu einen träumerischen Blick auf Nik, der zum Glück mit dem Rücken zu ihr saß.

»Das war heute in der Post!« Frank legte ein Blatt Papier auf den Tisch. »Mein Schwiegervater hat einen Gerichtsentscheid erwirkt, daß ich Kristin nicht mehr besuchen darf.«

Tatsächlich. Dr. Hans Burger hatte eine Einstweilige Anordnung gegen Frank durchgesetzt. Das Gericht untersagte dem Ehemann, sich seiner kranken Frau zu nähern, da er eine Gefahr für ihre körperliche Unversehrtheit darstelle.

»Nicht zu fassen«, entfuhr es mir. »Unterstellt man dir, daß du Kristin umbringen willst?«

»Genau das«, bestätigte Frank mit tonloser Stimme. »Meine Schwiegereltern haben eine eidesstattliche Versicherung abgegeben. Da steht drin, daß ich gedroht hätte, die Geburt des Kindes durch das Abschalten der lebenserhaltenden Apparate zu verhindern.«

»Und?« fragte Nik. »Hast du sowas geäußert?«

»Nein. Ich habe nur gesagt, daß ich die Geburt des Kindes verhindern werde. Und das ist auch mein gutes Recht!« Frank war laut und außer sich. »Versetzt euch mal in meine Lage!« schrie er. »Kristin und ich hatten uns ein Kind gewünscht, doch dann kam dieser verfluchte Unfall. Ich wurde nur leicht verletzt, und Kristin schwebt noch immer zwischen Leben und Tod. Dann kommt irgend so ein Dreckschwein und vergeht sich an ihr. Könnt ihr euch ausmalen, was das bedeutet? Diese Vorstellung, immer habe ich dieses Bild vor mir, wie sich jemand in ihr Zimmer schleicht und ... Oh, Gott!« Franks Oberkörper wurde durch heftiges Weinen geschüttelt.

Nik und ich sahen uns hilflos an.

Plötzlich stand Libussa neben ihrem Bruder, nahm seinen Kopf, drückte ihn an sich und streichelte sein Haar.

»Wein dich nur aus«, sagte sie sanft. »Heul dir die Seele aus dem Leib, Bruderherz. Und danach überlegen wir vier, wie wir das Schwein an die Wand nageln.«

Fünf Männer

Es wurde ein langer Abend. Nik brachte seinen Freund auf den neuesten Stand der Ermittlungen, Liesel stellte ein paar Fragen, die gar nicht so dumm waren.

»Es gibt also fünf Männer, die Zugang zu Kristins Zimmer hatten«, faßte Nik zusammen. »Du, Frank, Kristins Vater, Dr. Cornett, der Assistenzarzt, Chefarzt Dr. Berggrün und dieser Pfleger ... wie heißt er doch gleich? ... Bruno Schlagholz. Wenn wir Frank und Kristins Vater ausklammern, bleiben noch drei. Ich habe alle drei vernommen, und was dabei rausgekommen ist, könnt ihr euch ja denken.«

Wir nickten in trauter Einigkeit.

»Das Krankenhaus hat viele Abteilungen. Es kann auch jemand gewesen sein, der nicht auf der Station arbeitet«, gab ich zu bedenken. »Jemand, der sich nachts mal hochschleicht, weil er weiß, daß dort eine hilflose Frau liegt. Und der weiß, daß die Nachtschwester in ihrem Zimmer sitzt und fernsieht.«

»Ein Fremder wäre ein zu großes Risiko eingegangen«, zweifelte Nik, »womit hätte er begründen können, daß er nachts auf der Station herumschleicht? Die Nachtschwestern haben zwar ihre festen Touren, doch wenn irgendein Patient geklingelt hätte, wäre der Kerl sicherlich erwischt oder zumindest gesehen worden.«

»Das muß nicht unbedingt sein«, mischte sich Frank ein. »Auf dem Flur gibt es genug Möglichkeiten, sich zu verstekken. Das Schwesternzimmer steht offen, und die Klingel ist im Flur zu hören. Hab ich selbst mal erlebt, als ich abends bei Kristin war. Das Schwein brauchte nur leise in ein anderes Zimmer zu schlüpfen und zu warten, bis die Luft wieder rein ist.« Frank hatte seinen Kummer mit Alkohol betäubt, die Zunge lag ihm schwer im Mund.

Ich ging in die Küche und holte eine neue Flasche Wein.

»Weißt du eigentlich, warum deine Schwiegereltern dieses Kind unbedingt haben wollen?« fragte ich, als ich wieder im Wohnzimmer war.

»Brigitte, meine Schwiegermutter, ist nicht so scharf drauf, aber der Alte«, lallte Frank. »Er will, daß ein Stück seiner Tochter in dem Kind weiterlebt. Bla-bla-bla.«

»Und er hat nichts dagegen, daß seine Tochter zu einer Gebärmaschine degradiert wird? Haßt er den Verbrecher denn nicht, der seiner Tochter sowas angetan hat?«

»Dr. Burger hat seine Tochter vergöttert. Frank war ihm nie gut genug«, sagte Liesel. »Jetzt hat er die Möglichkeit, Frank zu quälen und sich ein Spielzeug für sein Alter zu sichern. Dieses Balg nämlich.«

»Was macht Burger beruflich?«

»Er hat ein Pharma-Unternehmen. Ist mit dem Chefarzt der Abteilung per du, verkehrt in den besten Kreisen, hat Geld wie Heu«, antwortete Liesel. Sie schien die Lebensverhältnisse ihres Bruders und seiner angeheirateten Sippe bestens zu kennen.

»Sie scheinen ihn nicht besonders zu mögen«, mutmaßte ich.

»Ich war mal mit ihm allein im Raum. Das war an seinem sechzigsten Geburtstag. Er gab eine große Fete, und wir waren alle eingeladen.«

»Weil Kristin darauf bestanden hatte ...« warf Frank ein.

»Und?« fragte ich. »Wo ist die Pointe?«

»Jedenfalls stand ich ein bißchen abseits und langweilte mich zu Tode. Den ganzen Nachmittag diese bürgerlichen Typen mit Fettbauch, grauen Schläfen und Goldrandbrille nebst ihren grausligen Gattinnen, die mich angafften und tuschelten. Da kam dieser Burger zu mir, trat hinter mich und flüsterte mir was Obszönes ins Ohr. Mich hat fast der Schlag getroffen. Ich hab ihm eine gelangt, und alle haben uns angestarrt.«

»Die Fete kam durch Liesel richtig in Schwung«, erinnerte sich der Bruder grinsend. »Hast du nicht noch ›Fick dich ins Knie, du Wichser‹ zu ihm gesagt?«

Frank kippte das volle Glas Wein runter. »Burger machte der Familie gegenüber nie einen Hehl daraus, daß er seine sexuellen Vergnügungen außer Haus suchte«, erzählte er dann weiter. »Kristin liebte ihren Vater zwar, doch in dieser Sache hat sie ihm manchmal ganz schön die Hölle heiß gemacht.«

»Und deine Schwiegermutter? Wie hat sie's verkraftet?« wollte ich wissen.

»Alles, was ihr nicht gefällt, existiert nicht.«

»Was heißt das?«

»Sie wußte es, hat das Thema aber nie angeschnitten.«

»Ein klassischer Fall von Verdrängung«, bewertete Nik.

»Wie sollen wir jetzt vorgehen?« kam ich wieder zum Punkt.

»Keine Ahnung«, sagte Nik. »Warten wir erst mal ab, welche Reaktionen Grappas Artikel hervorruft. Und du, Frank, solltest dich zunächst an das Besuchsverbot halten. Wirst du das?«

Frank blickte mit verschleierten Augen auf und nickte matt.

Ich schaute in die Runde. Wie ein professionelles Ermittlungsteam sahen wir nicht gerade aus. Franks Haare waren so blond wie die seiner Schwester und genauso gelockt. Er war eigentlich ein Sonnyboy, doch sein Leben war durch den Unfall völlig aus dem Lot geraten. Nur noch sporadisch ließ er sich in der Gärtnerei sehen, die er in den letzten fünf Jahren aufgebaut hatte. Er hatte seine Frau wirklich geliebt, liebte sie noch – auch wenn der Kontakt zwischen den beiden zur Zeit durch den schrecklichen Unfall abgeschnitten war.

Von Nik wußte ich, daß die Ärzte Kristin so gut wie keine Chance gaben, wieder aufzuwachen. Und falls dieses Wunder wirklich geschehen würde, dann wären Hirnschäden die Folge. Kristin Faber war in Wirklichkeit schon tot, auch wenn ihre biologischen Funktionen noch künstlich am Leben erhalten wurden.

Und jetzt dieses Kind! Falls die Bewußtlose es austragen sollte und es zur Welt käme ... wer würde ihm später sagen können, welch unglücklichen Umständen es seine Existenz verdankte?

»Laßt uns Schluß machen«, gähnte ich. »Ich muß morgen früh raus.«

Gemächlich und schweigend erhoben wir uns. Ich taumelte vor Müdigkeit. Nik ermahnte Liesel, Frank auf keinen Fall mehr ans Steuer zu lassen.

Als Nik und ich eine halbe Stunde später nebeneinander lagen, fragte ich: »Was war zwischen dir und Liesel?«

»Willst du's wirklich wissen?« stellte er die rein rhetorische Frage.

»Klar«, behauptete ich tapfer.

»Das kannst du dir doch denken, Grappa-Baby«, nuschelte er in meinem Arm. »Ich war fünfzehn und sie zwanzig. Franks große Schwester, die allen seinen Freunden den Kopf verdrehte. Jeder wollte mal mit ihr ausgehen. Eines Nachmittags wartete ich auf Frank in dessen Zimmer. Wir wollten ins Schwimmbad. Da kam Liesel rein und ging mir gleich an die Hose. Sie hat mich verführt.«

»Armer Junge«, sagte ich voller Mitleid. »Das war bestimmt ein Schock für dich.«

»Nicht direkt«, widersprach er. »Ich bekam gleich Geschmack an der Sache. Und der hat mich bis heute nicht verlassen.«

»Habt ihr es noch öfter gemacht?«

»Klar. An den unmöglichsten Orten. Am liebsten im Freien und immer auf dem Sprung. Irgendwann hatte sie mich dann satt«, murmelte er. »Sie nahm sich den nächsten. Warum willst du das eigentlich wissen? Immerhin liegt das alles zwanzig Jahre zurück.«

»Nur so.«

»Und ich dachte schon, du wärst eifersüchtig.«

»Eifersucht? Was ist das?«

Nik lächelte. »Dieses bittersüße Gefühl, das in deinem Magen grummelt und dich rot sehen läßt.«

»Kenn ich nicht«, meinte ich knapp.

»Als du ihr geraten hast, ihr Silikon in der Mütze zu behalten, hatte ich einen winzigen Augenblick das Gefühl ...« Er lachte auf.

»Eifersucht ist mir völlig fremd«, wiederholte ich. »So gut müßtest du mich doch inzwischen kennen.«

»Du hast recht. Wie konnte ich nur sowas denken?«

»Jetzt laß uns endlich einschlafen, Niki.«

»Okay«.

»Nik?«

»Ja?«

»Sind ihre Dinger echt?«

»Keine Ahnung. Deine sind's jedenfalls, oder?«

Der Trend der Zeit

Auf dem Flur war Ruhe eingekehrt. Er sah sich um, wagte kaum Luft zu holen, versuchte zwei, drei Sekunden in die Zukunft zu schauen, dann wüßte er, ob ihn jemand beobachten und später würde identifizieren können. Niemand war da. Er tat einen energischen Schritt vorwärts, zur Zimmertür, drückte sie auf.

Was geschah hinter der Tür der Intensivstation der Bierstädter Klinik? Diese Frage stellt sich nicht nur der Ehemann der schwerverletzten Frau, die seit fast fünf Monaten im Koma liegt, sondern auch ihre Eltern und die Polizei. Denn: Kristin F. ist im dritten Monat schwanger. Die Kripo ermittelt wegen Vergewaltigung. Ob die 35jährige Frau das Kind austragen wird, ist noch unklar: Der Ehemann von Kristin F. verlangt einen sofortigen Schwangerschaftsabbruch, während die Eltern der Kranken darauf bestehen, daß ihre Tochter das Kind austrägt. Die Meinung der Ärzte jedenfalls ist eindeutig: Medizinisch hat Kristin F. gute Chancen, die Schwangerschaft zu überstehen und ein gesundes Kind zu gebären. Der Chefarzt der Klinik, Prof. Dr. Frederik Berggrün, erklärte in einer Pressemitteilung, daß Komapatientinnen durch Schwangerschaften aus dem Koma erwachen könnten. Auch aus diesem Grund sprach sich der Professor dafür aus, daß Kristin F. das Kind austragen sollte.

»Wahnsinnsgeschichte«, murmelte Peter Jansen. »Haben wir ein Foto der Frau?«

»Klar«, antwortete ich. »Aus glücklichen Tagen. Ich habe Kontakt zu dem Ehemann.«

»Klasse«, kommentierte er. »Besorg noch ein Bild aus dem Krankenhaus. Geht das?«

»Du hast Nerven«, stellte ich fest. Ich speicherte den Artikel ab. Wir saßen in der Redaktion, es war knapp zehn, die anderen waren noch nicht aufgetaucht.»Wie wär's denn mit der ersten Ultraschallaufnahme des Monster-Babys?«

»Rückt das Krankenhaus die denn raus?« Peter Jansen, Chef vom Dienst des *Bierstädter Tageblattes*, hatte die Ironie nicht begriffen.

»Mensch, Peter«, sagte ich. »Merkst du gar nicht, wie unsere Zeitung immer mehr in gnadenlosestes Boulevard abdriftet?«

Jansen zuckte mit den Schultern. »Das ist der Trend der Zeit. Wenn wir's nicht machen, kommen die anderen. Merkwürdig, daß gerade von dir so ein Hinweis kommt.«

Ich schwieg. Jansen hatte recht. Meine schrägen Stories und Krawallgeschichten hatten mit dazu beigetragen, daß das bürgerliche *Bierstädter Tageblatt* immer lauter und greller geworden war. Sich aber auch besser verkaufte.

Die Tür zu meinem Zimmer ging auf.

»Morgen«, grüßte Fotograf Guido Graf. Er hatte den ersten Termin schon hinter sich: In den Hallen wurden die Vorbereitungen für das große Reitturnier getroffen, das alljährlich in Bierstadt veranstaltet wurde. Jetzt wollte er von Jansen wissen, wieviele Fotos in dem Artikel erscheinen sollten.

»Der Herr Graf«, flapste Jansen und deutete eine unterwürfige Verbeugung an. »Wieviele Gäule haben dero Gnaden durch Ihr Erscheinen erschreckt?«

»Einige sind tot umgefallen«, gab der Fotograf zu. Er schlenderte zur Kaffeemaschine. »Am niedlichsten sind die kleinen Mädchen, die die Pferde pflegen und sie ... abreiten. So heißt das nämlich. Geiler Ausdruck, nicht?« Seine Augen glänzten, als er die Kaffeetasse an die Lippen hob.

»Diese jungen Dinger sind kaum sechzehn und unglaublich beweglich im Beckenbereich«, setzte er nach. »Ich hab's beim Reiten gesehen. So etwa!« Graf ließ seinen Unterleib kreisen. Es sah ziemlich tuntig aus.

Als ich auf seinen Bauchtanz mit einem gelangweilten Augenaufschlag reagierte, blickte er auf Jansen, der ja immerhin auch ein Mann war und seine originellen Scherze vielleicht zu würdigen wüßte.

»Mensch, Graf«, sagte Jansen unwillig. »Du hast die Eleganz eines Nashorns und das fotografische Talent eines Maulwurfs.«

Eingeschnappt stellte Graf die Tasse auf meinem Schreibtisch ab und verschwand.

»Seine Berufsauffassung läßt zu wünschen übrig. Der wird seine Probezeit bei uns wohl nicht überstehen«, murmelte Jansen. »Aber mal wieder zum Thema. Gibt's eine Chance, die Komafrau im Krankenbett abzulichten?«

»Der Ehemann hat Besuchsverbot«, antwortete ich. »Er wäre der einzige, der es tun würde, denn er arbeitet mit uns zusammen.«

»Gibt's irgendeine Krankenschwester, die gegen eine kleine Aufwandsentschädigung ...?«

»Vergiß es«, winkte ich ab. »Wenn's rauskommt, ist die Schwester ihren Job los. Ich möchte nicht dafür verantwortlich sein, wenn jemand fliegt. Außerdem glaube ich kaum, daß jemand für ein paar Märker seine Existenz riskiert.«

»Also bleibst nur du«, stellte mein Chef fest. »Zieh dir eine Schwesterntracht an, setz deinen berühmten Inquisitionsblick auf – guck also so wie immer – versteck die roten Haare unter einer Haube und schmink dich nicht. Dann müßtest du locker als Oberschwester durchgehen.«

»So was kommt nicht in Frage. Wir sind schließlich nicht im Wilden Westen«, protestierte ich.

»Was bist du plötzlich so empfindlich?« höhnte Jansen. »Sonst stehst du doch auf gefährliche Einsätze. Hauptsache ein kleines bißchen illegal. Wirst du etwa alt und bequem, Grappa?«

Besuch in einer anderen Welt

Es galt, zunächst die Lage zu peilen. Ins Krankenhaus hinein zu kommen war kein Problem. Die Klinik lag in der Innenstadt, hatte ziemlich viele Betten und Abteilungen, deren Abkürzungen mir zunächst nicht viel sagten. Von Frank wußte ich, daß Kristin in der zweiten Etage lag und in eines der Zimmer verfrachtet worden war, das ziemlich am Ende der Intensivstation lag.

Ich näherte mich also dem Hauptportal – zusammen mit etwa zehn weiteren Menschen, die ebenfalls Patienten besuchen wollten. Einige hatten Blumen im Arm, andere Fruchtsäfte oder auch mal eine Pralinenschachtel.

Aber nicht nur die Besucher bevölkerten den Platz vor dem Portal. Männer in gestreiften Bademänteln hockten auf den Kanten von Blumenrabatten und qualmten sich die Lunge aus dem Leib. Eine grauhaarige Frau mit blutunterlaufener Narbe vom Ohr bis zum Kehlkopf versuchte sich einem kleinen Mädchen verständlich zu machen – sie gestikulierte heftig und unterstrich die Bedeutung ihrer Handbewegungen durch das eine oder andere trockene Krächzen.

Ich wandte mich ab und wäre fast in einen Ambulanzwagen gerannt, der rasant die Auffahrt für Liegendkranke hochpreschte. Der Fahrer zeigte mir unverhohlen einen Vogel, ich streckte den Mittelfinger meiner Hand nach oben.

Durch eine Drehtür gelangte ich schließlich ins Innere der Halle. Moderne Möbel, ein Dach aus Glas, pflegeleichte Grünpflanzen und Geländer aus Stahl, im Hintergrund leise Musik mit heiterem Touch. Die Zahl der Menschen in Frotteebademänteln oder Ballonseiden-Anzügen war kaum mehr zu überblicken. Ab und zu kreuzte eine eilige Schwester meinen Weg.

Ich versuchte, mir Mimik und Körperhaltung einzuprägen, bemerkte, daß viele Krankenhausbedienstete breite Birkenstocks oder weiße Turnschuhe trugen, manches Gesicht zierte ein gefrorenes Lächeln, das ständige Hilfsbereitschaft, Ansprechbarkeit und unbedingten Pflegewillen ausdrücken sollte. Und verdammt eilig hatten sie es alle, hinterließen einen Kondensstreifen, der nach Desinfektionsmittel und Kernseife roch.

Ich ging an der Informationsloge vorbei, erreichte den Besucheraufzug und drückte den Knopf. Neben mir wartete die krächzende Oma von eben, in den nikotingelben Fingern eine auflagenstarke Boulevardzeitung. Auf dem Titelblatt prangte eine Filmschöne, eng umschlungen mit wem auch immer, darunter ein Foto des sozialdemokratischen Männerduos Schröder und Lafontaine, nebst Lebensgefährtinnen. Die beiden Damen sahen aus wie Zwillinge. Gelungener Klonversuch, dachte ich.

Da war der Aufzug. Oma und ich stiegen ein, im Inneren lehnte ein mageres Kerlchen an der Wand, das gottserbärmlich aussah. Ich drückte die zweite Etage und drehte mich um. Zuviel Elend tut der Seele nicht gut. Die Fahrstuhlwand bot einen zehnmal gesünderen Anblick als die beiden Gestalten hier drin.

Plötzlich ein Stöhnen. Spontan tippte ich auf Herzinfarkt. Doch der Mann hatte seine Hand nicht in der Herzgegend, sondern spielte an seinem Geschlechtsteil und schien eine Menge Freude daran zu haben. Geschockt blickte ich zu Oma, hoffend, daß sie meine Empörung teilen würde, doch sie beobachtete nur grinsend die Szene. Die Nähte ihrer Halsnarbe pochten. Ich war allein auf mich gestellt. Hoffentlich bleibt der Aufzug nicht stecken, flehte ich.

Er tat es nicht, und ein melodisches Plim kündigte an, daß ich aussteigen mußte. Zum Glück blieben die beiden Patienten im Lift. Ich floh auf den Flur.

Die Schwingtür zur Intensivstation lag nur ein paar Meter von mir entfernt. Ich trat durch. Im hinteren Bereich der Station sollte Kristin Fabers Zimmer liegen.

Eine Pfleger kam aus einem Krankenzimmer. Er schob einen Tablettwagen vor sich her, nahm mich nicht zur Kenntnis. Seine Schuhe quietschten auf dem gewachsten Kunststoffboden.

Ich ging weiter. Hier muß es sein, dachte ich. Die Zimmernummer wußte ich von Frank.

»Wen suchen Sie?« sagte eine männliche Stimme hinter mir. Ich fuhr herum.

Vor mir stand ein kräftiger junger Mann, der bestimmt nicht zum Pflegepersonal gehörte. Er mußte in einer Nische gesessen haben, die gegenüber dem Zimmer lag. Ich sah einen Stuhl, ein Tischchen, eine Thermoskanne und ein Funkgerät.

»Was geht Sie das an?« blaffte ich. »Wer sind Sie überhaupt?«

Ich tippte auf die Pistole, die in einem Lederhalfter an seinem Gürtel hing. »Läßt Seehofer die Kostendämpfung jetzt schon durch bewaffnetes Personal überwachen?« setzte ich nach.

Den Namen Seehofer kannte er nicht. »Was wollen Sie hier?« ignorierte der Typ meine Fragen.

Seine Hand packte meinen Oberarm und umschloß ihn wie ein Schraubstock ein Stück Holz.

»Loslassen«, forderte ich. »Ich suche meinen Vater. Gestern lag er noch hier. Lassen Sie mich endlich los, Sie Flegel!« Ich versetzte dem Kerl einen kräftigen Tritt gegen das Schienbein.

»Verdammte Schlampe«, brüllte er wütend. Er hob die Hand, und ich begann zu schreien. Richtig schön laut und durchdringend.

»Was zum Teufel ist hier los?«

Vor uns stand ein älterer Mann in weißem Kittel.

»Helfen Sie mir bitte«, begann ich mit der Weibchensucht-Hilfe-Nummer. »Ich wollte meinen kranken Vater besuchen, und da greift mich dieser Typ hier an. Ich weiß überhaupt nicht, was das soll!«

Ich drückte mir ein paar Tränen raus, schluchzte ein- bis zweimal.

»Beruhigen Sie sich«, sagte der Weißkittel väterlich.

»Ich habe Ihnen gesagt, daß ich kein Aufsehen will«, schnarrte mein Retter Richtung Rambo. »Entweder Sie benehmen sich, wie es sich in einer Klinik gehört, oder Sie fliegen raus. Ist das klar?«

»Die Frau wollte aber in das Zimmer rein«, verteidigte sich Rambo. »Mein Auftrag lautet, alle Besuche zu unterbinden.«

»Aber nicht so! Sagen Sie das Herrn Burger.«

Rambo zögerte, überlegte und trollte sich wieder in seine Ecke.

»Vielen Dank«, hauchte ich.

Der Krankenhausflur hatte sich inzwischen gefüllt, ein paar Schwestern waren durch die lautstarke Auseinandersetzung angelockt worden.

»Der Vorfall tut mir sehr leid«, sagte der Weiße. »Ich habe mich Ihnen noch gar nicht vorgestellt. Mein Name ist Prof. Dr. Berggrün. Ich bin der ärztliche Direktor der Klinik. Und mit wem habe ich das Vergnügen?«

»Maria Müller«, antwortete ich. »Mein Vater liegt hier.«

»Er soll hier liegen? Auf der Intensivstation?«

»Wieso Intensivstation?« staunte ich.

»Dies hier ist die Intensivstation.«

»Ach du lieber Himmel«, meinte ich aufgeregt. »Ich dachte, ich wäre in der Chirurgie.«

»Die Chirurgische ist genau über uns«, erklärte der Professor. »Sie sind ein Stockwerk zu früh ausgestiegen.«

»Wie dumm von mir!« rief ich.

»Was hat Ihr Vater denn?« erkundigte sich Berggrün.

»Raucherbein«, behauptete ich. »Er qualmt seit fünfzig Jahren. Jetzt ist das rechte Bein auch noch weg. Die verdammten Brennstäbe haben seine Gesundheit ruiniert.«

Wir waren inzwischen an der Stationstür angelangt. Ich betrachtete Berggrün. Er war etwa Mitte Fünfzig, groß, fast mager, die Gesichtshaut war erstaunlich glatt und leicht gebräunt, was durch den blütenweißen Arztkittel noch betont wurde. Die Augen waren gletscherblau, die Stimme wohlklingend. Ein echter Halbgott in Weiß, der bestimmt zig Schwesternbataillone in orgiastische Rasereien versetzt hatte.

»Ich rufe mal auf der Chirurgischen an«, lächelte Berggrün. »Heißt Ihr Vater auch Müller?«

Damit hatte ich nicht gerechnet. »Nein, nein«, stotterte ich. »Müller ist nicht mein Mädchenname. Mein Papa heißt Jansen.«

Berggrün wählte eine Nummer auf dem Haustelefon und fragte nach der Zimmernummer des Patienten Jansen. Es dauerte Ewigkeiten, bis er sich mir wieder zuwandte.

»Ihr Vater scheint das Zimmer verlassen zu haben«, sagte Berggrün entschuldigend.

»Er ist wahrscheinlich ins Raucherzimmer gerobbt«, mutmaßte ich.

Berggrün sah mich an, eine Spur zu intensiv und zu lang. Ich hielt seinem Blick stand, wußte aber, daß er mir meine Story vom amputierten Vater nicht abnahm.

»Es war mir ein Vergnügen, Ihnen behilflich gewesen zu sein, Frau Müller«, sagte Berggrün mit honigsanfter Stimme. Die Nüstern seiner schönen, geraden Nase bebten, als hätten sie Witterung aufgenommen.

»Sie waren sehr hilfsbereit.« Ich reichte dem Doktor die Hand. »Auf Wiedersehen.«

Ohne mich umzusehen, ging ich durch die Schwingtür nach draußen, nahm den Lift nach unten und verließ das Krankenhaus. Mich fröstelte.

Doch lieber »Sie«

»Dein Schwiegervater läßt Kristin durch einen privaten Wachdienst abschirmen. Der Chefarzt hat mir die Geschichte vom rauchenden Vater nicht abgenommen. Irgendwie werden meine Lügen immer schlechter«, maulte ich.

Frank machte ein betrübtes Gesicht. Er war mal wieder unangemeldet bei uns aufgetaucht und hatte Liesel leider nicht zu Hause gelassen. Nik hielt sich von ihr fern, mied ihre körperliche Nähe fast zwanghaft. Sie dagegen nutzte jede Gelegenheit, meinem Freund auf die Pelle zu rücken. Meine Laune war saumäßig.

»Dieser Chefarzt ist ziemlich attraktiv«, warf ich in die Runde. »Ich würde ihn gern mal ohne Kittel sehen.«

»Ach ja?« dehnte Nik. Seine grauen Augen wurden enger.

»Ich glaube nicht, daß ich sein Typ bin«, lächelte ich und hauchte Nik einen Kuß auf die Wange.

»Männer haben manchmal einen komischen Geschmack«, machte mir Liesel Hoffnung. »Versuchen Sie's doch mal.« Das Busenwunder lächelte maliziös.

»Danke, Liebste«, flötete ich. »Aber ich bin versorgt. Und zwar bestens.«

»Geht das schon wieder los!« stöhnte Nik.

»Ist ja gut, Schatz«, beruhigte ich ihn. »Es gibt überhaupt keine Probleme. Halte diesen fleischgewordenen Blondinenwitz an der kurzen Leine, und alles wird gut.«

»Morgen hat Kristin Geburtstag«, warf Frank in die Runde. Er hatte sich an dem Scharmützel nicht beteiligt und schweigend auf dem Sofa gehockt. »Ich muß zu ihr.«

»Und wie willst du das machen?« fragte ich. »An dem Kerl vor der Tür kommst du nicht vorbei. Außerdem würdest du gegen den Gerichtsbeschluß verstoßen. Die buchten dich kurzerhand ein.«

»Das ist mir egal.«

»Frank, so kommen wir nicht weiter«, versuchte Nik ihn zu beschwichtigen. »Spontane Aktionen – so verständlich sie auch sein mögen – bringen uns nichts. Wir müssen systematisch vorgehen. Und streng nach dem Gesetz.«

»Du bist ein verdammter Bulle«, nörgelte Frank.

»Willst du in den Knast oder die 500 000 Mark Strafe bei Zuwiderhandlung zahlen?« setzte Nik nach.

»Ich muß zu ihr«, beharrte Frank. »Sie wartet auf mich.«

Ich warf Nik einen Blick zu. Er schüttelte leicht den Kopf. Es hätte jetzt keinen Sinn gemacht, an Kristins Gesundheitszustand zu erinnern.

Frank saß zusammengesunken im Sofa, abgewandt von der Welt und ihrer Realität. »Sie braucht mich. Ich weiß es.«

»Es wird doch gut für sie gesorgt«, warf Nik ein.

»Und wenn dieser Dreckskerl wieder kommt?« schrie Frank auf.

»So können wir nicht weiter machen«, stellte ich fest. »Fast jeden Abend sitzen wir hier und lamentieren. Es wird Zeit, daß was passiert.«

Ich überlegte kurz. Franks Wunsch, seine Frau zu sehen, war vielleicht doch nicht so absurd. Er durfte sich nur nicht erwischen lassen.

»Ich hab eine supertolle Idee«, kündigte ich an.

»Auch das noch!« stöhnte Nik.

Ich ließ mich nicht beeindrucken. »Frank wird Kristin besuchen, aber natürlich nicht an ihrem Geburtstag, denn da wird sie bestimmt noch schärfer bewacht. Vielleicht in einer Woche? Und du wirst in ihrem Zimmer eine Warnung an den Täter hinterlassen, die ihn nervös machen wird. Sehr nervös. Dann macht er sicherlich einige Fehler, und wir kriegen ihn.«

»Du bist verrückt.« Es war wieder Nik, der mir in den Rücken fiel.

»Es ist wunderbar, so viel Unterstützung von euch zu erhalten«, muffelte ich, »und das bei einem Fall, der mir persönlich eigentlich ziemlich egal sein könnte.«

»Und wie soll Frank ins Zimmer kommen?« fragte Liesel. »Er wird doch sofort entdeckt.«

»Mit Ihrer Hilfe, Blondi«, sagte ich grob. »Sagten Sie nicht, daß Sie Schauspielerin sind? Oder war das gelogen?«

»Bin ich auch«, beharrte Liesel. »Sagen Sie mir, wie die Rolle angedacht ist!«

Ich grinste. »Sie müssen sich ganz natürlich benehmen. Sie bugsieren ihre Oberweite in eine Schwesterntracht, passen auf, daß Sie nicht vornüber fallen, lassen die drei obersten Knöpfe auf, setzen den Besorg's-mir-ich-bin-doof-wie-Brot-Blick auf und lenken den Wachhund ab. Wenn das nicht sofort klappt, müssen Sie improvisieren. Ich denke da an Ganzkörpereinsatz. Viel Text haben Sie nicht aufzusagen. Und wenn's klappt, schlage ich Sie für den Bambi vor.«

Liesel machte ein ernstes Gesicht. Sie schien zu denken. Mit der Zunge befeuchtete sie ab und zu die Lippen, die Augen waren halb geschlossen, der Kopf mit der blonden Mähne lehnte anmutig an der Rückenlehne. Ich bemerkte, wie Nik sie betrachtete, die Eifersucht boxte in meinen Magen. Es ist, wie es ist, dachte ich. Die Eifersucht ging, und die Traurigkeit kam.

»Und welche Warnung soll Frank dem Täter hinterlassen?« Nik war wieder in dieser Welt.

»Weiß ich noch nicht«, antwortete ich mit belegter Stimme. »Ich werde mir was ausdenken und es euch dann wissen lassen. Fürs Denken scheine in dieser Runde ja ich zuständig zu sein.«

»Deine Freundin ist ganz schön arrogant«, stellte Liesel, zu Nik gewandt, fest.

»Das täuscht«, entgegnete der. »Grappa ist eine Seele von Mensch. Ihr habt euch nur noch nicht richtig kennengelernt. Ihr werdet noch die besten Freundinnen, da bin ich mir ganz sicher. Wollt ihr euch nicht duzen? Das wäre doch ein Anfang!«

»Laß mal«, brummte ich. »Das Wort ›Schlampe‹ hört sich mit ›Sie‹ kombiniert viel netter an.«

Date auf dem Dach

Die Stimmung war im Eimer, der depressive Frank und seine beleidigte Schwester zogen ab. Nik war sehr schweigsam, als wir wieder allein waren.

Ich hatte auch keine Lust mehr zu reden. Die Eifersucht grummelte in meinem Bauch. Liesel war noch immer oder schon wieder an Nik interessiert, das stand für mich fest. Liesel-Libussa hatte jene attraktive Leere im Kopf, die Männer mögen, wenn sie mit hellblondem Haar und großer Oberweite kombiniert ist.

Ich duschte lange und huschte ins Bett. Nik lag neben mir, er tat, als wäre er eingeschlafen.

Irgendwann schlummerte auch ich ein, und irgendwann in dieser Nacht klingelte das Telefon. Ich bemühte mich, wach zu werden, doch dann hörte ich Niks Stimme und die Versicherung, in zwanzig Minuten dort zu sein.

»Was ist los?« gähnte ich.

»Frank steht auf dem Dach der Klinik und droht zu springen«, erklärte Nik, während er in Slip und Jeans stieg. »Dieser verdammte Idiot!«

»Warum hat der Blödmann nicht gewartet? Ich komme mit«, kündigte ich an und rappelte mich hoch.

»Du bleibst liegen«, befahl er, das T-Shirt in der Hand.

»Nein!«

»Verdammt, Grappa!« Es klang sehr ärgerlich. »Wie soll ich meinen Kollegen erklären, daß eine Journalistin vor Ort ist? Es handelt sich um einen polizeilichen Einsatz. Ich habe heute Bereitschaftsdienst, wie du weißt.«

Nik fuhr sich mit der Hand durchs Haar, lief ins Bad. Ich hörte Wasserrauschen, dann schlug die Tür zu.

Frustriert krabbelte ich aus dem Bett und ging ans Fenster. Ich sah gerade noch, wie mein Freund, der Hauptkommissar, ins Auto stieg und es vom Parkplatz lenkte.

Ich hob die Hand zum Gruß, doch er blickte nicht mehr zu mir hin. Dann war er weg. Der Anfang vom Ende, dachte ich traurig.

Es reichte mir. Ich schlurfte wieder ins Bett, konnte aber nicht einschlafen. Was geschah wohl gerade auf dem Dach der Klinik?

Gewissensbisse stiegen in mir auf. Anstatt mich um Franks Depressionen zu kümmern, hatte ich meine Energie auf den dämlichen Schlagabtausch mit Liesel konzentriert.

Stunden später, es war schon hell, kam Nik zurück. Er bemühte sich, leise zu sein.

»Hallo, Schatz«, murmelte ich verschlafen. »Was ist passiert?«

»Mach dir keine Sorgen«, sagte er. »Frank ist unverletzt. Sie haben ihn in die geschlossene Abteilung des Landeskrankenhauses eingewiesen.«

»O Gott! Was hat er getan?«

»Er hat den Wachmann vor Kristins Tür mit dem Messer angegriffen. Zum Glück ist nicht viel passiert.«

»War er bei Kristin im Zimmer?«

»Ja. Er wollte gerade die Apparate ausstellen, als ihn ein Pfleger überwältigen konnte. Es ist nichts geschehen, Kristin lebt.«

»Und Frank?«

»Er ist völlig fertig – durchgedreht. Es ist besser, sie behalten ihn erst mal dort.«

»Und Liesel?«

»Sie ist im Moment bei ihm.«

Nik hatte die Kleider abgelegt und stand vor mir. Er sah gut aus, muskulös und durchtrainiert.

»Kommst du ins Bett?« fragte ich interessiert.

»Ich muß erst duschen. Schlaf weiter, Grappa-Baby.«

Er ging aus dem Zimmer. Ich drehte mich um und war kurze Zeit später weggetreten.

Dunkelrote Rosen

Diese weißen, antiseptischen Häuser, mit denen ich es in der letzten Zeit zu tun hatte, gingen mir langsam auf die Nerven. Sie gaben sich zwar alle Mühe, jeden freundlich zu beeindrucken, doch spätestens die Hinweistafeln auf die medizinischen Abteilungen zerstörten die Illusion, sich in einem Jugendhotel oder Erholungsheim zu befinden.

An diesem Morgen besuchte ich das Landeskrankenhaus, das im Volksmund ›Klapse‹ genannt wurde.

Es war kein Problem gewesen, eine Besuchserlaubnis für Frank Faber zu bekommen, das Thema meiner nächsten Geschichte im *Bierstädter Tageblatt* war nämlich Frank, jener gequälte Ehemann, der seine geliebte Frau verloren hatte, die dann auch noch Opfer eines Verbrechers geworden war.

Eine Pflegekraft führt mich in Franks Zimmer. Es war abgedunkelt, er saß in der Nähe des Fensters und stierte nach draußen.

»Hi, Frank«, sagte ich. »Wie geht's dir?«

»Blendend«, behauptete er. »Gut, daß du kommst, Grappa! Wir müssen endlich handeln.«

Ich war überrascht. Hatte ich doch einen gebrochenen Menschen erwartet und niemanden, der, wie er, mit klarer, fester Stimme sprach.

»Ach, Frank«, seufzte ich, »ich wünschte, ich könnte dir helfen.«

»Das kannst du!« Wieder dieser entschlossene Ton.

»Und wie?« Ich setzte mich auf die Kante seines Bettes und wartete.

»Er war wieder bei ihr«, flüsterte Frank. Er griff meinen Arm und quetschte ihn.

»Er? Wen meinst du?« Ich war verblüfft.

»Der Mann«, entgegnete er. »Er weiß, daß sie heute Geburtstag hat.«

»Wie kommst du darauf?« Ich verstand nur Bahnhof.

»Die vielen Rosen im Zimmer.«

»Rosen?«

»Überall im Zimmer waren Rosen verteilt«, berichtete Frank. Er stand auf, stapfte mit gesenktem Kopf durchs Zimmer, kam zurück und baute sich dann breitbeinig vor mir auf. »Kapierst du das nicht?« fragte er verzweifelt.

»Nicht so ganz«, antwortete ich. »Du hast Rosen im Zimmer gesehen. Na und? Vielleicht haben ihre Eltern sie ihr gebracht.«

»Nein, nein.« Frank war außer sich. »Sie lagen überall rum. Mindestens dreihundert Stück – im Zimmer verstreut und auf dem Bett. Kristins Körper war mit Rosen bedeckt.«

»Das ist allerdings merkwürdig«, räumte ich ein. »Aber wie kommst du darauf, daß es dieser Mann war?«

»Ich weiß es. Er war wieder bei ihr.«

»Aber Frank! Deine Frau wird Tag und Nacht bewacht. Wenn jemand dreihundert Rosen in ihrem Zimmer deponiert, wird die Klinikleitung dafür eine Erklärung haben.«

»Verstehst du denn nicht, Grappa?« In Franks Stimme hatte erneut die Verzweiflung die Kontrolle übernommen.

»Was, zum Teufel, soll ich verstehen?«

»Nachdem mich Nik vom Dach geholt hat, hat er in ihrem Zimmer nachgeschaut.«

»Und?«

»Die Rosen waren weg. Alle.«

»Vielleicht hast du dich getäuscht. Du bist mit den Nerven ziemlich fertig«, baute ich ihm eine goldene Brücke.

»Du hast recht«, gab er zu, »ich bin mit den Nerven am Ende. Aber meine Augen sind noch in Ordnung.«

»Und was soll ich jetzt tun?«

»Du mußt rauskriegen, was da läuft. Wer die Blumen in ihr Zimmer gebracht hat und warum.«

»Ich will's versuchen. Wie sahen die Dinger aus: rot, gelb, weiß, rosa, kariert ...?«

»Dunkelrot. Der Duft erfüllte das ganze Zimmer.«

»Ach, Frank«, seufzte ich. »Bist du auch ganz sicher?«

»Willst du mir helfen, oder nicht?« brauste er auf.

»Reg dich nicht auf«, beschwichtigte ich ihn. »Ich werde in dem Krankenhaus nach den Spuren der Rosen suchen.«

Er nickte und wurde ruhiger.

»Wann kommst du eigentlich hier raus?« wechselte ich das Thema.

»Keine Ahnung. Ist mir auch egal.«

»Resignierst du etwa?«

»Wenn ich wegen versuchten Mordes angeklagt werde, dann ist sowieso alles aus.«

»Du kriegst mildernde Umstände«, versuchte ich ihn zu trösten. »Kein Richter wird es dir übelnehmen, daß du deine todkranke Frau in Würde sterben lassen wolltest. Und kein Staatsanwalt mit Herz wird gegen dich Anklage erheben.«

»Das will ich hoffen.« Frank hatte wieder Oberwasser. »Wenn ich im Knast sitze, kann ich den Kerl nämlich nicht erledigen.«

Das war logisch.

Meine ungeschriebene Story fiel mir wieder ein. »Darf ich ein Foto von dir machen? Ich will einen Artikel schreiben. Dein Selbstmordversuch gestern nacht hat die anderen Medien ganz raschelig gemacht. Draußen warten drei Fernsehteams und hoffen, zu dir vorgelassen zu werden.«

»Ich weiß«, sagte Frank. »Ich hab den Ärzten gesagt, daß ich niemanden sehen will außer dir.«

»Braver Junge«, lächelte ich. »Dafür kannst du dich auch hundertprozentig auf mich verlassen, Nik natürlich eingeschlossen.«

Ich blickte mich im Zimmer um. Es war zweckmäßig und freundlich eingerichtet und vermittelte kaum den Eindruck einer Gummizelle, in der Durchgeknallte in den Teppich beißen. Eigentlich deutete fast nichts darauf hin, daß dies die geschlossene Abteilung einer Irrenanstalt war – wenn man ignorierte, daß an der Tür Knauf und Klingel statt Klinke anmontiert waren.

»Ich brauche einen Hintergrund für das Foto«, erklärte ich Frank. Ich schob einen Holzstuhl vors Fenster. »Setz dich hier drauf und schau unglücklich und verloren hinaus. Augenblick noch – ich zieh die Jalousien ein bißchen hoch, dann ist das Licht besser.«

Die Fenster waren vergittert – keine Chance für Flucht oder Suizid durch Fenstersturz. Die Aussicht ging zum Park der Klinik, hinter dessen Zaun Kamerateams und die Kollegen von der Konkurrenz herumlungerten.

»Bleib am besten vom Fenster weg«, riet ich Frank. »Da unten lauern die Geier.«

Ich drückte ein paar Mal auf den Auslöser der Kamera, hauchte Frank einen Kuß auf die Wange, riet ihm, die Ohren steif zu halten. Mein Klingeln holte einen Pfleger herbei, der aussah wie der Chef einer Möbelpacker-Kolonne.

»Danke, junger Mann«, sagte ich. »Wie kann ich hier ungesehen rauskommen?«

Ich hatte keine Lust, meinen Kollegen in die Hände zu fallen. Sie brauchten nicht zu wissen, wieviel näher als sie ich an der Geschichte war. Ein guter Jäger ist einsam.

Ich schlüpfte durch den Personaleingang ins Freie und erreichte unbemerkt den Parkplatz, auf dem mein Wagen stand. Auf dem Weg zum Krankenhaus geriet ich in einen schrecklichen Stau auf der Bundesstraße – hatte also Zeit genug, mich mental auf meine zweite Begegnung mit Prof. Dr. Frederik Berggrün vorzubereiten. Diesmal als Frau Grappa vom *Bierstädter Tageblatt.*

Libussa statt Liesel

Erstaunlicherweise wurde ich sofort vorgelassen. Prof. Dr. Frederik Berggrün kam höchstselbst ins Vorzimmer.

»Ich habe Sie erwartet«, begrüßte er mich. Der Chefarzt trug wieder den weißen Kittel. Wie sieht er wohl im Anzug aus, fragte ich mich.

»Eigentlich müßte ich Ihnen ja böse sein«, meinte er tadelnd. »Mir so einen Bären aufzubinden! Ein Vater mit zwei Raucherbeinen! Ich habe Sie gleich wiedererkannt, als ich Ihr Foto in der Zeitung sah.«

»Seit das *Tageblatt* die Porträts seiner Reporter neben den Autorenzeilen abbildet, ist es aus mit verdeckten Recherchen. Tut mir leid, daß ich Ihnen nicht die Wahrheit gesagt habe.« Ich spielte die Zerknirschte. »Ich wußte doch nicht, wer Sie waren, also hab ich schnell diese Story erfunden.«

»Verziehen!« strahlte er und schob mich in sein Büro.

Der Raum war riesig groß, im Mittelpunkt stand breitbeinig ein alter englischer Schreibtisch, Mahagoni, mit geschwungenen Löwenfüßen und einer mit moosgrünem Leder bezogenen Schreibtischplatte. Der Bürostuhl war modern, das Leder hatte den rötlichen Ton des Holzes.

Hinter dem Schreibtisch war eine beleuchtete Wand installiert, an der Röntgenbilder hingen. Ich erkannte Wirbelsäulen und die verschwommenen Konturen mehrerer Schädel mit vorstehendem Gebiß und eingedrückten Nasen.

»Setzen wir uns doch.« Berggrün deutete auf eine Sitzgruppe, die in meinem Rücken in einer Nische neben der Tür dekoriert worden war. Erst jetzt bemerkte ich, daß da noch jemand saß.

»Hallo«, sagte Liesel Faber. Die Blondine lümmelte sich entspannt in einem tiefen Ledersessel, sie hatte die langen Beine übereinandergeschlagen, ein stöckelbeschuhter Fuß wippte provozierend. Liesel war heute für ihre Verhältnisse dezent gekleidet. Das Kostüm war zwar rot, doch sie hatte einen gedeckteren Ton gewählt. Der Rock war eng und sehr kurz, das Oberteil in der Mitte geknöpft, an der entscheidenden Stelle hatten die runden Perlmuttschließer nicht den Weg in die Knopflöcher gefunden.

»Auch hallo«, brummte ich. Meine Laune sank um zehn Grad Celsius. Ich setzte mich.

»Das ist Frau Grappa, eine Journalistin, die über den Fall geschrieben hat. Frau Faber ist die Schwägerin unserer Koma-Patientin«, erklärte Berggrün. »Sie war mir in der vergangenen Nacht sehr behilflich.«

»Ach ja?« dehnte ich maliziös.

Er schien zu ahnen, an was ich dachte, denn er lächelte. »Sie hat auf ihren Bruder beruhigend eingewirkt, als er auf dem Dach stand, und die Lage dadurch ziemlich schnell entspannt.«

»In meinem Artikel werde ich Ihre Heldentat natürlich erwähnen, Frau Faber«, versprach ich. »Die liebende Schwester, die ihren Bruder dem Tod von der Schüppe reißt. Schöne Geschichte!«

Liesel schaute huldvoll, sie schien dem Arzt nicht erzählt zu haben, daß wir uns bereits kannten.

»Frau Faber möchte heute ihre Schwägerin besuchen«, erklärte Berggrün

»Und?« Ich sah Berggrün an. »Ich dachte, alle Besuche bei Kristin Faber sind vom Vater der Patientin verboten worden.«

»Selbstverständlich kann Frau Faber ihre Verwandte besuchen«, antwortete Berggrün und sah Liesel tief ins Dekolleté. »Ich werde ja dabei sein. Ich glaube nicht, daß Herr Burger etwas dagegen hätte.«

»Es wäre doch gut, wenn Frau Grappa mitkäme«, schlug Liesel vor. »Dann kann sie sich ein Bild von der Situation machen und ist nicht nur auf Vermutungen angewiesen.«

»Ich komme natürlich gern mit«, sagte ich schnell.

»Auch das ist möglich. Sie müssen sich aber auf ein schlimmes Bild gefaßt machen«, warnte der Chefarzt. »Wollen wir?«

Ich überlegte, wie ich Kristin Faber fotografieren könnte, ohne daß Berggrün es merken würde. Er stand auf, ging zur Tür und öffnete sie mit einer galanten Verbeugung. Liesel schenkte ihm ein hinreißendes Lächeln.

Wir folgten ihm durch die Flure. Liesel stöckelte brav hinter ihm her, ich raunte ihr zu: »Können Sie ihn im Zimmer ablenken, damit ich ein Foto machen kann?«

Sie verstand, was ich meinte, und flüsterte: »Ich will's versuchen.«

Berggrün durchschritt die Klinikgänge wie ein Kaiser sein Reich. Das Personal grüßte ihn mit Ehrerbietung, er winkte gönnerhaft mal in diese, mal in jene Richtung.

Doch auch Liesel machte Furore. Ein Pfleger – gerade damit beschäftigt, einen Frischoperierten über den Flur zu schieben, setzte das Bett voll gegen die Wand, als sein Blick Liesel streifte.

Endlich standen wir vor Kristins Zimmer. Die Wachen vor der Zimmertür waren verstärkt worden, zwei Jungs im

Schwarzenegger-Format hoben kurz den Kopf, erkannten den ärztlichen Direktor und blieben friedlich.

Berggrün drückte die Türklinke hinunter, wir traten ein.

Der Raum war fast dunkel, das Bett stand mitten im Zimmer. Am Kopfteil war eine indirekt leuchtende Röhre angebracht, rechts und links standen kleine und große Apparate, die alle in Betrieb waren, Pieptöne von sich gaben und auf kleinen Monitoren jede Regung von Kristin Faber vermerkten. Ich trat näher. Mein Herz begann zu klopfen.

Da lag sie, flach auf dem Rücken, die Arme ausgestreckt, in den Venen Nadeln, zu denen Schläuche führten, die wiederum in den Apparaten endeten. Ihr Gesicht war bleich, das Haar sehr kurz. Die Schläuche in den Nasenlöchern glänzten im Schein der Lampe.

»Was ist mit ihrem Haar passiert?« hörte ich Liesel fragen. »Sie hatte so schönes, langes schwarzes Haar.«

»Ein Problem der Pflege«, erläuterte Berggrün. »Wir müssen die Patientin schließlich sauber halten. Also haben wir es abgeschnitten.«

»Schrecklich«, murmelte Liesel und wandte sich ab.

»Wird sie je wieder gesund?« fragte ich. Ich sah mich dort liegen, und Panik ergriff mich. Nein, dann lieber tot – nach der großen, schwarzen Leere nichts mehr spüren, nichts mehr wissen, sich an nichts mehr erinnern – noch nicht mal an die eigene Existenz.

»Es gibt Koma-Patienten, die nach zehn Jahren plötzlich aufwachen und fast normal reagieren«, erklärte Berggrün. »Aber bei dieser Patientin ist das Gehirn zu stark zerstört. Wenn sie nicht schwanger wäre ...« Er stoppte.

»Was, wenn sie nicht schwanger wäre?« nahm ich den Faden auf.

»Uns Ärzten wird gern vorgeworfen, Leben von Koma-Patienten zu Forschungszwecken künstlich zu verlängern – als hätten wir Spaß daran, unsere Instrumente mal so richtig auszuprobieren. Das ist eine bösartige Unterstellung.« Er machte wieder eine Pause.

Ich sah den dunklen Kopf der Schwangeren, die so unendlich ruhig dalag, einer zerbrochenen Puppe gleich.

»Warum läßt man sie dann nicht sterben?« fragte ich heiser.

»Wenn es in meiner Macht läge, Frau Grappa, dann wären die lebenserhaltenden Maßnahmen längst eingestellt worden«, sagte Berggrün bitter. »Als Arzt bin ich zwar verpflichtet, Leben zu erhalten, doch dies hier ist kein Leben.«

»Also warum?«

»Die Eltern der Patientin wollen das Kind – und das Kind ist neues Leben mit dem Recht auf Schutz.«

»Das Kind eines Verbrechers?«

»Leben ist ein Wert an sich, der geschützt werden muß.«

»Daß ich nicht lache! Gilt dieser moralisch-ethische Überbau auch für Kristin Faber, die als lebender Leichnam in einem dunklen Zimmer zur Gebärmaschine degradiert wird?«

»Organisch ist Frau Faber in der Lage, eine gesundes Kind auszutragen«, behauptete er. »Wollen Sie ein Kind töten, das vielleicht später Freude am Leben hat? Vielleicht ein berühmter Musiker wird? Oder ein Wissenschaftler? Oder eine begnadete Opernsängerin?«

Ich schwieg. Das Thema war zu komplex, um am Bett einer Todkranken diskutiert zu werden.

»Wieviele Kinder haben Sie denn schon auf dem Gewissen?« Berggrün hatte meinen Arm gepackt, seine Stimme war zornig. Er sah mir direkt in die Augen.

»Was meinen Sie?« fragte ich verdattert.

»Wie oft waren Sie schwanger und haben abgetrieben?«

»Ich war noch nie schwanger«, antwortete ich wahrheitsgemäß.

»Dann können Sie sich glücklich schätzen.« Er ließ meinen Arm wieder los. »Ich kenne viele Frauen, die noch heute darunter leiden, daß sie abgetrieben haben. Denen beim Anblick von Kindern Tränen in die Augen schießen.«

»Ich habe Achtung vor Ihrer Haltung«, stellte ich fest. »Aber ich verstehe auch den Ehemann, dem dieses Kind den Verstand raubt, und ich verstehe die Eltern, die hoffen, daß in diesem Kind ein Stück ihrer Tochter weiterlebt. Das Kind kann ja wirklich nichts dafür, von einem Verbrecher gezeugt worden zu sein. Hoffentlich erfährt es niemals von den Umständen seiner Existenz.«

Mir war hundeelend zumute. Ich hatte nicht damit gerechnet, daß mich Berggrün in ein solches Gespräch verwikkeln würde.

Ich sah mich im Zimmer um. Wir hatten Libussa völlig vergessen. Die Blondine saß am Bett der Kranken, hatte deren Hand genommen und uns zugehört.

»Wer hat die Schwangerschaft eigentlich entdeckt?« versuchte ich sachlich zu werden.

»Unser Oberarzt«, antwortete Berggrün. »Dr. Cornett tippte zunächst auf Verdauungsprobleme, weil der Unterleib der Patientin eine Schwellung aufwies. Doch dann wurde sie gynäkologisch untersucht. Die Schwangerschaft wurde eindeutig festgestellt.«

»Eine Vergewaltigung in Ihrer Klinik! Hat es so etwas schon mal in diesem Haus gegeben?«

»Natürlich nicht«, stellte Berggrün fest. »Wir alle waren und sind geschockt. Weibliche Koma-Patienten werden seitdem nur noch von weiblichem Personal betreut.«

»Und wie wollen Sie den Täter finden?« mischte sich Liesel ein.

»Das ist Aufgabe der Polizei. Wir haben da kaum Möglichkeiten«, meinte der Arzt.

»Stellen Sie doch selbst Nachforschungen an«, schlug ich vor. »Sie haben doch die entsprechenden Laboreinrichtungen. Ich weiß, daß in Ihrem Haus Vaterschaftstests durchgeführt werden. Oder erstellen Sie einen genetischen Fingerabdruck und vergleichen Sie ihn mit den männlichen Personen, die Zutritt zu diesem Zimmer hatten.«

Berggrün seufzte tief, als habe er eine solche Frage schon zigmal beantwortet. »Natürlich kann man einen DNA-Test anfertigen. Dazu brauche ich aber eine Genehmigung.«

»Wie bitte?«

»Die Eltern der Patientin – sie haben die Vormundschaft – erlauben einen solchen Test nicht.«

»Und warum nicht?«

»Sie befürchten eine Schädigung des Fötus durch die Entnahme von Fruchtwasser. Außerdem wollen sie den genetischen Vater ihres Enkelkindes nicht kennen. Ich habe mich als Arzt an ihre Vorgaben zu halten.«

»Eine verzwickte Sache«, sagte ich. »Gut, daß wenigstens der Selbstmord von Frank Faber verhindert werden konnte. Was hatte es eigentlich mit diesen Rosen auf sich?«

»Welche Rosen?« Seine Ahnungslosigkeit schien nicht gespielt zu sein.

»Frank Faber hat mir erzählt, daß er gestern nacht in diesem Zimmer hier Hunderte von Rosen gefunden hat. Sie sollen überall verteilt gewesen sein. Frau Faber hat nämlich heute Geburtstag.«

»Ich weiß von keinen Rosen.«

»Frank glaubt, der Vergewaltiger habe sie ins Zimmer geschmuggelt.«

»Undenkbar!« Berggrün schüttelte den Kopf. »Sie können aber gern die Schwestern fragen, Frau Grappa. Oder die Wachen vor der Tür.«

Ich wußte, daß ich mir das sparen konnte.

Berggrün begleitete uns nach draußen und verabschiedete sich. Ich sah ihm nach. Er war nicht unsympathisch, hatte mehr Tiefgang, als ich zunächst gedacht hatte.

»Ob sie was gespürt hat? Ob sie uns zugehört hat?« Liesel war von dem Besuch nicht unbeeindruckt geblieben.

»Keine Ahnung«, gab ich zu. »Ich will es aber nicht hoffen. Denn wenn sie uns gehört hat, dann hat sie auch genau mitbekommen, wie der Kerl sie mißbraucht hat. Ich darf gar nicht daran denken!« Ich schüttelte mich vor Ekel.

Schweigend gingen wir eine Weile nebeneinander her.

»Ich muß dem Innenhof noch einen kleinen Besuch abstatten«, erklärte ich, als wir uns dem Ausgangsportal näherten.»Warten Sie auf mich?«

Liesel nickte, unsere Wege trennten sich. Der Ausgang zum Hof war nicht schwer zu finden, er war mit einem Schild markiert, auf dem *Anlieferungen* stand.

Schnell war ich durch die Tür, noch einen kleinen Gang runter und ein paar Treppen hinab.

Ich ging zügig zu den vier Containern, in denen der Bio-Müll lagerte. Sie waren mir bei einem Blick aus Kristin Fabers Zimmer aufgefallen. Die Luft war rein.

Ich öffnete einen Deckel nach dem anderen und guckte hinein. In den ersten beiden Tonnen lagen Küchenabfälle, alte Nelken, Rasenschnitt. Beim dritten Container wurde ich fündig. Massenweise dunkelrote Rosen verdursteten obenauf, manche schon geknickt und schlaff, andere noch frisch und wunderschön.

Verstohlen schaute ich zu den Fenstern auf. Niemand stand dort – oder, besser gesagt, fast niemand. In einem Fensterrahmen in der dritten Etage konnte ich einen weißen Kittel erkennen. Doch wer drinsteckte, das sah ich nicht, weil er sich schnell wegdrehte.

»Frank hat die Rosen gestern nacht wirklich gesehen«, teilte ich Liesel mit, als ich das Foyer wieder erreicht hatte. »Jemand hat sie flugs weggeräumt. Fragt sich nur, warum.«

Wir gingen nach draußen. Liesel hatte in meinen Augen ein bißchen gewonnen. » Was machen Sie jetzt, Liesel? Kann ich Sie irgendwohin mitnehmen?« fragte ich in einem plötzlichen Anflug von Großzügigkeit.

»Danke, nicht nötig. Ich bummle ein bißchen durch die Stadt«, antwortete Libussa. »Danach bin ich mit einem Freund zum Essen verabredet.«

»So, so.« Mit wem sie Kontakt hatte, interessierte mich herzlich wenig.

»Ich treffe mich mit Nik«, lächelte sie. »Hat er Ihnen nichts davon erzählt? Wir gehen in ein italienisches Restaurant – es ist, glaube ich, sein Stammlokal.«

Unser Stammlokal, dachte ich.

»Natürlich hat Nik mir's gesagt«, log ich. »Dann guten Appetit.«

Ich winkte ihr locker zu, ging schnell zum Parkplatz, startete den Wagen und fuhr los. An der ersten roten Ampel spürte ich heißes Blut unter meinen Schläfen pochen und auf der Zunge einen bitteren Geschmack. Warum nur ging alles langsam, aber unausweichlich den Bach hinunter?

Scham und Schärfe

Ziemlich niedergeschlagen erreichte ich die Redaktion. Ich fühlte Geborgenheit, hier war ich fast mehr zu Hause als in meiner Wohnung, in der ich mit einem Mann lebte, der schon nach so kurzem Zusammenleben begann, mich zu hintergehen, und dabei glaubte, ich würde nicht dahinter kommen.

»Ist was?« fragte Peter Jansen. »Du siehst ziemlich brummig aus.«

»Ich habe Kristin Faber im Krankenhaus besucht. Es war schrecklich.«

»Kann ich mir vorstellen«, behauptete mein Chef und schob nach: »Hast du ein Foto von ihr?«

»Nein.« Den Knipsapparat in meiner Tasche hatte ich völlig vergessen. »Der Chefarzt war dabei und hat mich bewacht wie ein Luchs.«

»Schade«, meinte Jansen. »Wie wär's mit einem Mittagessen bei *Mamma mia*, bevor du in die Tasten haust? Ich lade dich ein.«

»Gute Idee.« So komme ich auch noch zu einem italienischen Essen, dachte ich bitter.

Die Pizzeria um die Ecke war zu eng, zu schlecht belüftet und ziemlich verqualmt. Wir wählten unseren Stammplatz zwischen Vorspeisenbuffet und der Treppe zum Klo.

»Eine Pizza diabolo«, bestellte ich, weil ich plötzlich Lust hatte, mein Inneres mit Pepperoni zu verbrennen.

»Wein?« fragte Jansen, der eine Calzone geordert hatte.

»Nein, lieber nicht. Aber 'ne große Pulle Pellegrino.«

»Si, Signora«, brabbelte der Kellner, der gar kein Italiener war. Als er im Fast-Food-Laden nebenan die Hackklopse traktiert hatte, sprach er noch fließend Ruhrpott.

»Ich habe einen Anruf von Dr. Hans Burger bekommen«, begann Jansen. »Das ist der Vater von Kristin Faber.«

»Ich weiß. Was wollte er?«

Das Knusperbrot und die Knoblauchbutter rückten an.

»Er hat deinen Artikel gelesen.«

»Wirklich?« staunte ich. »Ich nehme an, daß er von meiner geschliffenen Sprache hingerissen war.«

»Nicht direkt. Ihm gefällt die Tendenz nicht.« Jetzt war es raus.

»So, so.« Ich biß genüßlich ins Brot, es knackte, ein paar Krümel fielen auf die Tischdecke. Betont langsam fegte ich sie zusammen. Ob Nik und Liesel schon am Aperitif genippt hatten?

»Er hat uns gebeten, etwas sachlicher über den Fall zu berichten.«

Überrascht blickte ich auf. »Was du nicht sagst!«

»Er hat aber im Grunde viel Verständnis dafür, daß uns der Fall seiner Tochter publizistisch interessiert«, machte er weiter den Eiertanz.

»Wir dürfen also tatsächlich noch über den Fall schreiben?« fragte ich spöttisch.

»Grappa!« rief Jansen aus. »Nun mach's mir doch nicht so schwer. Der Mann ist fix und fertig. Er liebt seine Tochter abgöttisch, und er hofft, daß sie eines Tages wieder aufwacht.«

»Das wird sie ganz bestimmt nicht tun – ihr Gehirn ist teilweise zerstört, und er weiß das auch. Was will er konkret?«

»Er will mit dir reden. Damit du seine Position verstehst und nicht nur mit dem armen Ehemann leidest. Immerhin hat der versucht, seine Frau umzubringen.«

»Dagegen habe ich überhaupt nichts.«

»Daß er seine Frau umbringt?«

»Quatsch. Ich werde mit ihm reden.«

Die Pizzen kamen. Meine war übervoll mit grünen Pepperoni belegt, die durch die Hitze des Pizza-Ofens einige dunkelbraune Flecke verpaßt bekommen hatten.

»Ich wußte doch, daß ich mich auf dich verlassen kann, Grappa«, sagte Jansen erleichtert.

»Klar. Als Journalist kannst du nie genug Informationen sammeln. Ich bin mal gespannt, wie er sich die Zukunft seines Enkelkindes vorstellt, wenn es wirklich geboren werden sollte.«

»Der Mann ist sehr katholisch«, erklärte Jansen. »Abtreibung kommt für ihn unter keinen Umständen in Frage.«

Ich nahm eine Schote von der Pizza und steckte sie in den Mund.

»Daß du die Dinger einfach so essen kannst«, wunderte sich Jansen und verzog das Gesicht.

»Kein Problem für mich«, keuchte ich.

Die Schärfe begann, meinen Mundinnenraum zu verätzen. Die Augen tränten, eine Hitzewelle ergriff mich. Ich schloß die Augen und lehnte mich zurück. Das Bild von Nik und Liesel pochte in meinem Gehirn. Ob er denselben Weißwein bestellt hatte, den wir immer tranken? Ob er sie mit Weißbrot fütterte, wie er es bei mir immer tat? Verdammter Schmerz, verfluchter Haß, würdelose Eifersucht.

»War wohl doch ein bißchen scharf?« hörte ich Jansen sagen.

»Was nicht umbringt, macht härter«, krächzte ich. Meine Augen tränten noch immer. Wenn er mich betrügt, dachte ich, schmeiß ich ihn raus. Aber hochkant.

Schaumbällchen

Wenn ich an Nik dachte, war es so, als würde ein scharfer Stein an meinem Herzen kratzen. Diesen Schmerz würde ich nicht lange aushalten können, denn ich haßte es zu leiden. Menschen, die mich quälten, hatte ich bisher aus meinem Leben entfernt, und noch nie hatte es ein Zurück für sie und für mich gegeben.

Frustriert beendete ich meinen Artikel. Nur der jahrelangen Routine hatte ich es zu verdanken, daß ich überhaupt fertig geworden war.

Verzweifelter Ehemann wollte sein Leben beenden – Gerettet! titelte ich.

Er hatte vor, mit seiner Frau Geburtstag feiern, doch die Bewacher vor der Tür ließen ihn nicht zu ihr. Da drehte Frank Faber durch. Er schlug die Wachen nieder und drang gewaltsam ins Krankenzimmer seiner Frau Kristin ein, die heute 36 Jahre alt wurde. Seit einem Autounfall vor fünf Monaten liegt Kristin Faber im Koma, seit drei Monaten ist sie schwanger – sie wurde von einem Unbekannten vergewaltigt.

Doch Frank Faber hat seine Frau gestern nacht nicht allein besucht. Ein Unbekannter hatte im Zimmer und auf dem Bett der Frau dunkelrote Rosen verteilt. Das war zuviel für den verzweifelten Mann. Er kletterte aufs Dach der Klinik und wollte sich in die Tiefe stürzen. Fabers Schwester – von der Polizei alarmiert – konnte ihren Bruder vom Selbstmord abhalten. Frank Faber befindet sich nun in stationärer Behandlung in einer Bierstädter Nervenklinik. Der Kriminalpolizei ist es bisher nicht gelungen, den Verbrecher, der die hilflose Frau mißbraucht hat, zur Verantwortung zu ziehen.

Ich speicherte den Artikel, wartete, bis Peter Jansen sein Okay gegeben hatte, goß meine Pflanzen auf dem Fensterbrett hinter meinem Schreibtisch und räumte ein bißchen auf. Ich hatte Angst, nach Hause zu gehen. Was würde mich erwarten? Ein gutgelaunter Nik, der besonders nett zu mir war, weil er ein schlechtes Gewissen hatte?

Egal, dachte ich, nimm's, wie es kommt. Mit Würde und Stolz, kein Gezeter und Gezerre.

Die zehn Minuten Autofahrt zu meiner Wohnung schienen länger als sonst. Ich steckte den Schlüssel ins Schloß der Wohnungstür und trat ein.

Musik schallte mir entgegen. Nik hatte Beethovens Violinkonzert in D-Dur, Opus 61, aufgelegt, gerade begann das *Larghetto*. Das war ein gutes Zeichen.

Ich ging in die Küche, da war er nicht. Auch nicht im Wohnzimmer. Beklommen pirschte ich zum Schlafzimmer, legte mein Ohr an die Tür. Nichts. Leise drückte ich die Klinke hinunter. Das Zimmer war dunkel, die Betten leer. Ich atmete tief.

»Hallo«, erlöste mich eine erfreute Stimme, »ich bin im Bad.«

Nik lag in der Badewanne inmitten riesiger Schaumwolken und grinste. Im Raum lag der Duft meines Luxusschaumgels.

»Du badest?« fragte ich entgeistert. Sonst duschte er lieber.

»Mir war eben danach«, behauptete er und setzte sich ein schaumiges Krönchen auf. »Komm rein, es gibt was zu trinken.«

Er hatte eine Flasche Prosecco im Sektkühler neben der Wanne deponiert.

Ich starrte ihn noch immer an. Nik war bester Laune, sein Blick war offen, die Stimme wie immer.

»Gibt's was zu feiern?« fragte ich mißtrauisch.

»Den Abend zu zweit«, strahlte er. »Frank ist in der Klapse, und Libussa hab ich heute mittag schon in die Wüste geschickt.«

»Libussa?«

»Die große Blonde mit den – Zitat Grappa – ›großen Ohren‹. Du erinnerst dich dunkel an sie?« witzelte Nik und begann, mich mit Schaumbällchen zu bewerfen.

»Und was war mit ihr?«

Nik tauchte mit dem Kopf unter Wasser. Nach einer Weile kam er prustend wieder an die Oberfläche. »Libussa stolzierte heute mittag ins Präsidium und machte ein Riesenaufsehen«, erzählte er. »Jeden, den sie auf dem Flur traf, fragte sie nach mir. Schließlich erboten sich gleich fünf meiner Kollegen, sie in mein Zimmer zu bringen. Die standen dann grinsend da, als Libussa mir einen Kuß auf die Wange hauchte und mich mit ›Niki-Schatz‹ ansprach. Mann, war mir das peinlich.«

»Und dann?«

»Ich hab sie rausbugsiert. Sie war ziemlich sauer. Aber – was ist denn jetzt, Grappa-Baby? Kommst du nun rein, oder nicht? Mein Rücken muß geschrubbt werden! Oder soll ich Libussa anrufen?«

Endzeitgefühle

In dieser Nacht wachte ich immer wieder auf, grübelte über alles und nichts, befaßte mich mit der Endlichkeit des Lebens, der Vergänglichkeit von Gefühlen und der Traurigkeit des Alleinseins.

Nik merkte von allem nichts, er lag neben mir und schlummerte. Wir hatten einen schönen Abend verbracht, alles schien so wie immer. Aber ich wußte, daß nichts wie immer war.

Morgens dann, am Frühstückstisch, wollte ich ein unverfängliches Thema anschneiden, doch mir fiel keins ein.

»Wie war eigentlich der Termin bei deiner Steuerberaterin?« half mir Nik.

»Düster«, erwiderte ich. »Ich hab vergeblich versucht, dich als außergewöhnliche Belastung abzusetzen.«

»Tut mir leid«, grinste Nik. »Läßt sich denn da gar nichts machen?«

»Im Gegenteil. Ich hab der Steuerberaterin ein Bild von dir gezeigt.«

»Und?«

»Sie meint, daß ich für dich Luxussteuer zahlen muß.«

Wir lachten, doch mein Lachen hatte einen unechten Ton. Ich beschäftigte mich mit meinem Vollkornmüsli, konnte aber den Blick nicht von ihm lassen.

»Warum guckst du so?« fragte Nik irritiert. »Ist was?«

»Nicht direkt«, antwortete ich. »Ich will dir nur sagen, daß du jederzeit gehen kannst, wenn du willst.«

»Willst du mich loswerden, Grappa?« Der Schreck in seinem Blick tat mir wohl.

Ich stand auf, nahm seinen Kopf, strich über sein dunkles Haar und flüsterte: »Da wäre ich schön blöd. Ich glaube nicht, daß es noch einen anderen Mann gibt, der so ist wie du. Der so schönes Haar hat.«

Dann küßte ich seine Augenlider: »Ich glaube auch nicht, daß es noch einen weiteren Mann in diesem Land gibt, der so einen betörenden Schlafzimmerblick hat.«

Ich biß sanft in seine Nasenspitze und murmelte, daß es kaum einen Mann gebe, dessen Nase so klassisch geformt sei, wandte mich dann seinen Ohren zu, bezeichnete sie als ausgesprochen niedlich und als Traum jedes Schwergewichtsboxers.

»Was ist bloß los mit dir?« fragte Nik verdattert. »Hast du was ausgefressen?«

»O Mann!« stöhnte ich auf. »Ich versuche, dir zu sagen, wie sehr ich dich mag ...«

»Tatsächlich?« grinste Nik. In seinen grauen Augen blitzte Übermut. »Ruf im Büro an und sag denen, daß du ein gutes Stündchen später kommst.«

In Stein gemeißelt

Dr. Hans Burger und seine Gattin Brigitte hausten in einer Nobelhütte mit großem parkähnlichen Auslauf, videoüberwachten Eingängen und einer repräsentativen Auffahrt.

Jansen hatte mir bei dem Anruf in der Redaktion mitgeteilt, daß er die Audienz bereits für mich organisiert hatte – vermutlich, damit ich die Sache nicht auf die lange Bank schob. Und er hatte mich gebeten, mir was Gediegenes anzuziehen. Also hatte ich auf Jeans und Sweatshirt verzichtet und mich in mein einziges Kostüm geworfen. Es hatte auch schon bessere Zeiten gesehen.

Das rote Haar lag brav frisiert am Schädel, die Augen waren nicht so dramatisch geschminkt wie üblich, die Lippen schmückte nur ein leichter rosa Schimmer, und ich hatte meine Goldrandbrille aufgesetzt. Nik staunte, als er mich vor meinem Abmarsch zu Gesicht bekam, und stellte überraschende Ähnlichkeiten zwischen mir und seiner früheren Erdkundelehrerin fest – nur daß die nie diesen seligen Blick im Auge gehabt hätte.

»Du siehst irgendwie befriedigt aus«, stellte mein Lustobjekt fest und schlang sich ein Handtuch um die Hüften.

Ich gab Nik einen Kuß auf die Wange und kniff ihn in den Po. »Iß noch ein Brötchen, damit du wieder zu Kräften kommst«, riet ich. »Ich muß jetzt los – Fabers Schwiegerpapa mit professionellen Fragen quälen.«

Man erwartete mich bereits, denn das schmiedereiserne Tor öffnete sich wie von Geisterhand – gerade als ich anklingeln wollte. Vor der Villa waren ein paar teure fahrbare Untersätze geparkt, die Nik in helles Entzücken versetzt hätten. Ich versuchte, mir die Automarken zu merken, doch ich vergaß sie gleich wieder. Mir Überflüssiges zu merken, war noch nie mein Ding gewesen.

Dr. Hans Burger stand in der Tür, als ich die halbrunden Treppen zur Haustür hochstöckelte. Er war ungefähr sechzig, neigte zur Fülle, die er durch legere Kleidung kaschierte. Ich konnte ihm direkt in die Augen gucken, denn er war kaum größer als ich.

»Ich bin Maria Grappa«, sagte ich herzlich. »Ich freue mich, Sie kennenzulernen.«

»Die Freude ist ganz meinerseits«, versicherte er. Die Augen waren durch die Oberlider fast verdeckt, der Blick wirkte verschleiert. Seine Lippen verrieten den Genießer, der Zug um seinen Mund erzählte von Gewalt und Rücksichtslosigkeit. Armer Frank, dachte ich, dem da bist du in tausend Jahren nicht gewachsen.

»Kommen Sie bitte, Frau Grappa«, sagte Burger. »Ich habe auf der Terrasse einen kleinen Imbiß herrichten lassen.«

Er legte die Hand auf meinen Arm und geleitete mich durchs Wohnzimmer wieder ins Freie.

Die Terrasse war sonnendurchflutet. Englische Teakholzmöbel der feinsten Art, große Terrakotta-Blumenkübel mit Zitruspflanzen, die weiße Blüten und gelbe Früchte trugen. Ein leichter Wind wehte Orangenblütenduft zu mir hin.

»Herrlich«, entfuhr es mir. Der Blick in den Garten war schön. Vor der Terrasse fiel der englische Rasen ein wenig ab, ein gepflasterter Weg führte zu steinumrandeten Beeten, in denen Rosen üppig wucherten.

»Es freut mich, daß es Ihnen gefällt«, sagte Burger. »Der Garten war Kristins große Liebe. Sie hat ihn entworfen und gepflegt. Das ist jetzt alles vorbei.«

»Tur mir leid.« Ich machte eine kleine Pause und fragte dann: »Darf ich mir die Rosen ansehen?«

Ohne die Antwort abzuwarten, lief ich den Weg hinunter. Rechts blühte es gelb, doch weiter hinten war ein Beet mit dunkelroten Edelrosen. Sie ähnelten denen, die ich im Abfallcontainer des Krankenhauses gesehen hatte.

»Diese Rose heißt Kristin.« Burger stand wieder neben mir. Er griff in die Hosentasche und holte eine Gartenschere heraus. Mit geübter Hand knipste er einen langen Stiel ab, entfernte ein paar Blätter und reichte sie mir. »Eine bezaubernde Rose für eine attraktive Frau.«

Der will gutes Wetter machen, dachte ich und säuselte: »Wie charmant! Wie kommt diese wunderbare Blume zu dem Namen Kristin? Züchten Sie etwa selbst?«

Dr. Burger nickte. »Kristin hat schon als kleines Mädchen alles Schöne geliebt. Dunkelrot war ihre Lieblingsfarbe. Als ich die Neuzüchtung anmeldete, gab ich ihr den Namen meiner über alles geliebten Tochter.«

Burger wandte sich abrupt ab, verbarg sein Gesicht. »Lassen Sie uns wieder auf die Terrasse gehen«, bat er. »Meine Nerven sind nicht mehr die besten.«

Ich folgte ihm zur Sitzgruppe. Burger hatte eine leicht nach vorn gebeugte Haltung. Ich dachte an den Ausdruck ›vor Gram gebeugt‹.

Stumm zeigte Burger auf den Stuhl, auf den ich mich setzen sollte. Schwer atmend ließ er sich in seinen Sessel fallen. Ich sah, daß er sich bemühte, die Fassung zu behalten.

»Kaffee oder lieber einen Saft?« fragte er mit belegter Stimme.

»Kaffee.«

Er goß ein, schob mir dann Milch und Zucker hin.

»Es ist nicht einfach, mit diesem Schmerz fertig zu werden«, begann er.

»Das kann ich gut nachfühlen«, erwiderte ich. »Wie verkraftet Ihre Frau die Sache?«

»Sie hat das alles sehr mitgenommen. Ich habe sie in eine Privatklinik bringen lassen«, erklärte er.

»Tut mir wirklich leid«, murmelte ich.

Einige Augenblicke lang war nur das Geräusch meines Löffels in der Tasse zu hören.

»Wollen Sie mir keine Fragen stellen?« Burger hatte sich wieder im Griff.

»Ich will Sie nicht befragen, sondern nur mit Ihnen reden, Ihre Ansichten kennenlernen. Sie und Ihre Frau machen eine schwere Zeit durch. Ich werde das nicht für eine Story ausnutzen.«

»Soviel Einfühlsamkeit hatte ich gar nicht erwartet«, meinte Burger bitter. »Ich dachte, Sie vertreten einseitig die Position meines Schwiegersohnes. Zumindest haben Ihre Berichte so auf mich gewirkt.«

Ich schlürfte den heißen Kaffee. »Ich glaube, daß Sie das falsch sehen«, widersprach ich. »Der Fall, um den es hier geht, ist kompliziert. Emotional, juristisch und ethisch. Natürlich habe ich viel Verständnis für Frank. Er leidet darunter, seine Frau im Koma zu sehen, und er haßt den Verbrecher, der sie vergewaltigt hat. Und er haßt das ungeborene Kind. Das ist doch ganz natürlich, oder?«

»Auf den ersten Blick vielleicht.« Burger erhob sich, ging zu einem Barwagen und kam mit einem halbvollen Whiskey-Glas zurück. »Frank hat den Unfall verschuldet, weil er zu schnell gefahren ist. Er war schon immer verantwortungslos.«

»Ihre Tochter hat ihn aber geliebt«, warf ich ein.

»Am Anfang vielleicht.«

»Wieso? War die Ehe denn nicht glücklich?« fragte ich verblüfft.

»Er war nicht in der Lage, Kristin das Leben zu bieten, das sie gewohnt war. Und er konnte ihr ja noch nicht einmal ein Kind machen. Sie wollte so gern Kinder.«

Burger senkte den Kopf und stierte vor sich hin. »Und jetzt ist sie schwanger«, brach es aus ihm heraus. »Ist das nicht eine Ironie des Schicksals?« Er lachte hysterisch.

»Mit Schicksal hat das nichts zu tun«, sagte ich. »An Ihrer Tochter ist ein Verbrechen verübt worden.«

»Faber ist an allem schuld. Er trieb sich mit anderen Frauen rum. Kristin wollte zurück zu uns. Manchmal glaube ich, daß Faber den Unfall absichtlich herbeigeführt hat.«

»Dr. Burger! Das meinen Sie nicht im Ernst!«

»Ich weiß genau, was ich sage.« Burger begann zu husten, er keuchte und keuchte, das Gesicht lief rot an.

»Entschuldigung«, japste er. »Eine verschleppte Bronchitis.«

»Ich kenne Frank zwar noch nicht lange«, sprach ich in einen weiteren Huster, »aber den Unfall hat er nicht absichtlich gebaut. Ihr Schwiegersohn ist völlig verzweifelt, er hat versucht, sich das Leben zu nehmen.«

»Alles nur Show«, meinte Burger. »Er will Mitleid erregen und die Meinung der Öffentlichkeit auf seine Seite lenken. Was ihm ja auch mit Ihrer Hilfe, Frau Grappa, gelungen ist.

Alle bedauern den armen Ehemann und hassen den bösen Schwiegervater.«

»Versöhnen Sie sich mit Frank und versuchen Sie, eine gemeinsame Lösung zu finden. Ich finde es sehr unmenschlich von Ihnen, daß er Kristin nicht mehr sehen darf und Sie sie bewachen lassen.«

»Unmenschlich? Ich finde es unmenschlich, daß Frank meine Tochter umbringen will, nur damit dieses Kind nicht auf die Welt kommt. Wie soll ich das Leben meiner Tochter schützen, wenn ich diesen Psychopathen zu ihr lasse?«

»Sie wissen genau, daß Kristin ohnehin keine Chance mehr hat. Wie lange wollen Sie Ihre Tochter noch an diesen schrecklichen Apparaten hängen lassen?«

»Bis das Kind geboren ist«, kam die klare Antwort.

»Es stört Sie wirklich nicht, daß der Vater des Kindes ein Verbrecher ist?«

»Wenn ein Neugeborenes auf die Welt kommt, ist es ein unbeschriebenes Blatt. Erziehung und Umwelteinflüsse machen aus Kindern Verbrecher. Dieses Baby wird von meiner Frau und mir liebevoll erzogen werden, es wird ihm an nichts mangeln, und wir werden verhindern, daß es von den Umständen seiner Zeugung erfährt.« Es klang wie in Stein gemeißelt.

»Was tun Sie, wenn die Polizei den Vergewaltiger findet?«

»Er soll verurteilt werden und ins Gefängnis kommen, damit das Kind ungestört aufwachsen kann.«

»Irgendwann kommt er wieder raus ...«

»Ich werde schon dafür sorgen, daß er uns nicht behelligt.« Burgers Augen zeigten jetzt kalten Haß.

Es reichte mir. »Ich habe genug gehört. Vielen Dank für das Gespräch.« Ich stand auf.

Burger reagierte überrascht auf meinen plötzlichen Abgang. Er erhob sich ebenfalls.

»Vergessen Sie das hier nicht«, rief er mir nach, als ich die Tür zum Wohnzimmer bereits erreicht hatte.

Er hatte die Rose in der Hand, die den Namen seiner Tochter trug und die er mir geschenkt hatte.

»Danke«, sagte ich. »Frank hat diese Blumen übrigens im Krankenhaus gesehen. Am Geburtstag Ihrer Tochter. Wer kann sie dort hingebracht haben?«

»Faber phantasiert. Ich habe Ihren Artikel gelesen und mich beim Chefarzt erkundigt. Es gab keine Rosen.«

Eine neue Idee

In der Redaktion machte ich mir eine Liste mit den Namen der Männer, die zu Kristin Fabers Krankenzimmer Zugang gehabt hatten – während der Zeit, als sie schwanger wurde. Ich stützte mich dabei auf Niks Vernehmungsprotokolle, die mir in Kopie vorlagen. Zum Schluß hatte ich fünf Namen: der Ehemann Frank Faber, der Vater Dr. Hans Burger, Chefarzt Prof. Dr. Frederik Berggrün, Oberarzt Dr. Henri Cornett und Pfleger Bruno Schlagholz.

Wenn es kein total unbekannter Besucher war, der in Kristins Krankenzimmer eingedrungen und die ›Chance‹ genutzt hatte, mußte einer der fünf der Vergewaltiger und somit Vater des Kindes sein.

Mit dem Pfleger und dem Oberarzt hatte ich noch keinen Kontakt aufgenommen, konnte mir also kein Bild von ihnen machen. Es wurde Zeit, das zu ändern.

Ich wollte gerade zum Telefonhörer greifen, als Peter Jansen durch die Tür in meine Einzelzelle trat.

»Und? Wie war's?« fragte er neugierig.

»Sehr aufschlußreich«, antwortete ich vielsagend.

»Nun erzähl schon!« forderte er und ließ sich auf einen Stuhl fallen.

»Burger ist ein imposanter Mann, der ganz genau weiß, was er will. Er haßt seinen Schwiegersohn und will dieses Baby um jeden Preis. Er würde über Leichen gehen, um das Kind zu kriegen und nach seinem Ebenbild zu formen und ...« Ich stockte. Was hatte ich da gerade gesagt? Nach seinem Ebenbild. Das könnte es sein!

Jansen sagte etwas, aber ich hörte nicht hin.

»Was ist mit dir?« fragte Jansen besorgt. »Du bist ja leichenblaß.«

»Ich habe gerade einen wahnsinnigen Einfall«, erklärte ich.

»Ach, du Schreck.«

»Willst du ihn hören?«

»Wenn's sein muß.«

»Es muß. Was wäre, wenn es gar keine Vergewaltigung war?«

»Du tippst auf den Klapperstorch?« grinste Jansen.

»Hör auf mit dem Blödsinn.«

»Dann war's der Heilige Geist!«

»Keine Sorge. Stell dir mal folgendes vor: Burger weiß, daß seine über alles geliebte Tochter nicht mehr aufwachen oder – falls doch – ein lebenslanger Pflegefall bleiben wird. Er überredet einen der Ärzte, bei seiner Tochter eine künstliche Befruchtung vorzunehmen.«

»Das wäre ein Ding! Und wem gehört der männliche Samen?«

»Verstehst du denn nicht?« rief ich. »Es ist sein eigener Samen! So sind in dem Baby nicht nur die Gene seiner Tochter, sondern auch seine eigenen.«

»Das wäre ja Inzest!«

»Nein. Er hat ja nicht mit ihr geschlafen. Der Inzest-Paragraph bezieht sich nur auf den vollzogenen Geschlechtsverkehr.«

»Mannomann. Du kommst auf Ideen, Grappa! Ich hoffe

nur, du läßt unsere geneigten Leser nicht an solchen Science fiction-Abenteuern teilnehmen! Wir kommen in Teufels Küche, und Burger hängt uns eine Verleumdungsklage an, die uns die Tränen in die Augen treiben wird.«

»Keine Angst«, beruhigte ich ihn, »ich brauche erst Beweise. Dumm ist nur, daß ich meine Recherchen jetzt auch auf die weiblichen Klinikmitarbeiter ausdehnen muß. Die Männer sind nicht mehr allein im Ring.«

Mythos Eisprung

Ich hatte mich nie mit dem Thema Schwangerschaft befaßt. Kinder zu haben war nicht mein Ziel gewesen. Zu viele Frauen zelebrierten den Mythos des Befruchtetwordenseins mit aufdringlicher Zähigkeit, die mich aggressiv machen konnte. Schwangere gaben ihren Verstand an der Tür des Kreißsaals einer Klinik ab, und wenn das Kleine endlich da war, wurde es als das höchste, größte und schönste Wesen des Universums verehrt – selbst wenn es sechszehig war und auf der Stirn das dritte Auge hatte.

Ich hatte mich bislang gedanklich nur mit einem Weg befaßt, wie man schwanger werden kann – dem Klassiker nämlich: Mann und Frau schlafen miteinander, der Samen schnappt sich ein Ei, und das neue Leben beginnt. Doch bei Kristin Faber konnte es vielleicht auch einen anderen Weg gegeben haben, den noch niemand in Betracht gezogen hatte. Es wurde Zeit, mich mit den gängigen Arten von künstlicher Befruchtung zu befassen.

Irgendwo auf meinem Redaktionsschreibtisch lag die Durchwahl von Prof. Dr. Frederik Berggrün. Er sollte mich in alle wichtigen Fragen rund um den Eisprung einweihen.

Ich überzeugte seinen Vorzimmerdrachen, mich zügig durchzustellen.

»Hier Maria Grappa vom *Tageblatt*«, flötete ich. »Ich habe inzwischen mit Dr. Burger gesprochen und eine neue Theorie zum Fall Faber. Ich glaube nämlich nicht, daß Kristin Faber von jemandem aus der Klinik vergewaltigt wurde.«

»Ach ja?« meinte Berggrün. Er war reserviert.

»Wenn Sie meine Meinung interessiert, sollten wir uns sehen.«

»Unbedingt. Sie wissen, daß ich die Presse gern bei ihrer Arbeit unterstütze.«

»Ich weiß das zu schätzen«, säuselte ich. »Wann wäre es Ihnen recht?«

»Heute abend«, schlug der Chefarzt vor. »Wir sollten das Gespräch aber nicht hier in der Klinik führen. Wie wäre es mit einem Abendessen?«

»Neutraler Boden ist immer gut«, stellte ich fest. »Das fördert vertrauensbildende Maßnahmen.«

»Haben wir beide das wirklich nötig?« meinte Berggrün.

»War nur so ein Scherz von mir«, behauptete ich. »Ich schlage Ihnen das *Pinocchio* vor. Ich kenne das Restaurant und weiß, daß wir dort keine unangenehme Überraschung erleben werden. In punkto Essen, meine ich. Einverstanden?«

»Gern. Dann bis heute abend. Sagen wir zwanzig Uhr vor dem Restaurant?«

Ich willigte ein. Endlich kam Leben in die Sache. Ich spürte, wie meine alte Lust zum Wadenbiß wiederkehrte.

Notfälle

Das *Pinocchio* war kürzlich renoviert worden, die Fassade erstrahlte in einem hellvioletten Schimmer, innen gab's Neonlicht-Spielereien in Bonbonfarben und allerhand schräges Interieur. Eine Mischung aus Miami Vice und Bauhaus. Ich fand die schlichte, edle Glas-Stahl-Einrichtung, die das Restaurant früher gekleidet hatte, passender. Egal. Das Essen hatte dieselbe Qualität behalten.

Ich war schon um halb acht da, wollte die Zeit nutzen, für Berggrün und mich einen lauschigen Zweiertisch zu bunkern.

Luigi, vom Kellner zum Inhaber avanciert, begrüßte mich entzückt.

»Signora Grappa! Wunderbar, daß du mal wieder zu uns gekommen bist.«

»Hallo, Luigi. Was macht die Mafia?«

»Alles paletti. Gute Geschäfte, viel Geld.«

»Das sieht man!« Ich deutete auf die nagelneue Einrichtung.

»Dir nicht gefallen?«

»Doch. Sehr schön, sehr bunt. Hast du einen Tisch für zwei?«

»Du und der Kripomann?«

»Nein, heute bin ich ohne Polizeischutz. Wie wär's da hinten?«

Ich deutete auf einen Tisch, der etwas abseits lag.

»Va bene.«

»Schön. Ich warte draußen auf meinen Begleiter. Um acht sind wir wieder da.«

Von wegen. Ich lief vor dem *Pinocchio* auf und ab. Kein Berggrün um acht, keiner um halb neun. Er versetzte mich. Ich überlegte, ob ich allein essen sollte. Nein, das war langweilig. Lieber nach Hause.

»Signora Grappa!« Luigi stand vor mir. »Da war ein Anruf für dich. Von einem professore ...« Er guckte auf einen Zettel. »... Berggrün. Ein Notfall im Krankenhaus. Kann nicht kommen.«

»Mist!« entfuhr es mir.

»Du willst allein essen?«

»Eigentlich nicht. Tut mir leid, alter Freund.« Ich gab ihm die Hand. »Arrevidercí, Luigi.«

»Kripomann wartet?« Luigi lächelte anzüglich.

»Wahrscheinlich nicht«, seufzte ich. »Ich habe ihm für heute abend frei gegeben. Er konnte ja nicht wissen, daß mein Termin platzt.«

Ich stieg in mein Auto und startete. Es war Spätsommer, und die Tage wurden bereits kürzer. Ich dachte an die lange, dunkle Winterzeit, die kommen würde, und die warmen, verschmusten Abende zu zweit. Es war doch schön, nicht allein zu leben.

Mein Herz machte einen Sprung, als ich Licht in unserer Wohnung sah. Nik war also da und der Abend noch zu retten.

The same old story ...

Als ich den Schlüssel in die Tür steckte, hörte ich Musik. Keine Klassik, sondern leisen Jazz. Es war Billie Holiday. Nik hat es sich gemütlich gemacht, dachte ich.

Dann sah ich die rote Kostümjacke, die auf dem Boden lag, und roch das fremde Parfum. Ich sah alles, faßte es aber nicht, registrierte die hockhackigen Damenschuhe zwischen Wohn- und Schlafzimmer, die von den Füßen geschleudert worden waren, weil es zwei Menschen sehr eilig hatten.

Die Stimme der Jazz-Sängerin war dunkel und lasziv, Niks leises Lachen drang aus dem Schlafzimmer, es war Bestandteil dieses schwülstigen Songs über die Liebe zwischen Mann und Frau.

The same old story of a boy and a girl in love ...

Ich schloß die Augen. Wut, Scham und Enttäuschung schlugen wie ein Brecher über mir zusammen. Ich rang nach Luft, mein Herz war eine offene, schmerzende Wunde, das

Blut in meinen Adern schockgefroren. Leise ging ich in die Küche, stützte mich auf den Tisch. Nik hatte die beiden Champagnergläser schon gespült. Süße, kleine Küchenfee. Immer ordentlich – im Gegensatz zu mir. Und er wußte, wie man Spuren verwischen mußte. Gelernt ist gelernt.

Sollte ich mir den Anblick da drüben ersparen? Einfach wieder verschwinden, in eine Telefonzelle gehen, anrufen und beiden die Gelegenheit geben, alle Hinweise zu beseitigen oder zu verschwinden?

The same old story, but it's new to me ...

Das Lied war zu Ende. Ich versuchte flach zu atmen, wartete auf den nächsten Schlag. Er kam. Ich hörte eine Frau schreien und Nik stöhnen – wie er oft auf mir gestöhnt hatte.

Ich griff zu dem rostfreien Tranchiermesser aus dem Messerblock und stand Sekunden später in der Schlafzimmertür. Sie konnten mich nicht sehen, da die Tür nicht in ihrem Blickfeld lag.

Libussa streckte sich satt und nackt auf meinem Bett, die Arme hinter dem Kopf verschränkt, die Schenkel noch gespreizt. Nik lag auf dem Bauch, den Kopf erschöpft auf ihrem Oberschenkel, noch immer schwer atmend. Die Haut auf seinem Rücken schimmerte silbern vor Schweiß im indirekten Licht der Stehlampe, über der Libussas Dessous drapiert waren.

»Du bist noch immer ein kleiner, geiler Teufel«, gurrte Libussa brünstig und wühlte in Niks Haar.

»Guten Abend!« sagte ich laut und deutlich.

Nik schnellte hoch und starrte mich an. In seinem Blick spiegelte sich unsere verfluchte Love-Story wider, der orkanähnliche Beginn, die heitere Mitte und nun jenes würdelose Ende. Und irgendwo war da noch der Wunsch zu sehen, alles ungeschehen machen, diese Szene anhalten und zurückspulen zu können.

Doch das Leben ist kein Film, sondern eine Aneinanderreihung von chemischen Prozessen, gegen die wir machtlos sind und auf die wir nur noch reagieren können.

Nik konnte in meinem Blick noch keinen bewußten Schmerz, sondern nur arktische Kälte entdecken. Der Schock hatte mich im Griff. Er senkte den Kopf und murmelte den absoluten Klassiker aller Ausreden der In-flagranti-Ertappten dieser Welt: »Es ist nicht das, was du denkst.«

Dieser Satz war meilenweit unter meinem Niveau, sogar noch unter seinem. Ein trockenes Lachen brach aus mir. »Da wäre ich nie drauf gekommen, Schatz!«

Ich hob das Tranchiermesser und ging langsam auf die beiden zu.

»Sie hat ein Messer«, kreischte Libussa. »Niki, tu doch was! Die bringt uns um!«

Nik tat nichts, er saß nur da, den Kopf noch immer gesenkt.

Libussa sprang aus dem Bett, suchte panisch ihre Sachen zusammen und verschwand aus dem Zimmer. Ich hörte die Wohnungstür zuschlagen.

Nik rührte sich nicht. Ich ging mit dem Messer auf ihn zu, stand vor ihm, wußte genau, was er wollte: Daß in diesen Sekunden etwas noch Schrecklicheres passieren würde, weil es ihn der Verantwortung enthob, sich mit Verrat und Untreue zu beschäftigen.

Ich setzte mich neben ihn, das Messer brannte in meiner Hand. Mit der stählernen Klingenspitze hob ich sein Kinn.

»Schau mich an«, forderte ich.

Langsam öffnete er die Augen. Unsere Nasenspitzen berührten sich fast. Ich hätte ihm ins Herz stechen oder seine Kehle durchschneiden können, er hätte sich nicht gewehrt. Ich betrachtete sein Gesicht – und sah, daß er litt, wie Männer immer leiden: In seiner Wange bewegte sich ein kleiner Muskel, die Lippen vibrierten, und die Augenlider flatterten. Ich hob das Messer, ließ es mit ganzer Kraft in die Matratze sausen. Nik zuckte zusammen.

»Pack deine Sachen und verschwinde.« Meine Stimme war heiser.

Die nächsten zehn Minuten beobachtete ich, wie er seine Stücke unseres gemeinsamen Lebens hektisch zusammenraffte, in einen Koffer warf. Dann ging er, sah mich kein einziges Mal mehr an.

Schwer atmend blieb ich auf dem Bett sitzend zurück. Wie sollte ich diesen verdammten Abend beenden? Im Kühlschrank wartet eine Flasche Chardonnay auf dich, fiel mir ein. Alkohol als Tröster – der schnurgerade Weg in eine Suchtkarriere. Auch egal. Wenigstens an diesem Abend.

Ich öffnete die Flasche, füllte ein Glas zur Hälfte, hielt es hoch, betrachtete die grüngelbe Kühle im Licht der Hängelampe. Tränen liefen mir über die Wangen. »Warum?« schrie ich.

Das Glas landete an der Wand, zerklirrte in tausend Stükke. Ich nahm ein anderes, goß ein und trank.

Im CD-Player lag noch diese Jazz-Platte. Ich lief ins Schlafzimmer, riß die silberne Scheibe raus, öffnete das Fenster und schleuderte sie in den wolkenlosen Himmel – irgendwo zwischen Cassiopeia und Polarstern.

Unbeweglich und verformt

»Die intrauterine Insemination wird am häufigsten bei unerfülltem Kinderwunsch eingesetzt«, berichtete Prof. Dr. Frederik Berggrün. Wir hatten im *Pinocchio* gerade ein göttliches Carpaccio verspeist – hauchdünne, rohe Rinderfiletscheiben mit Olivenöl und Zitronensaft beträufelt und mit etwas Parmiggiano reggiano beraspelt. Jetzt warteten wir auf den nächsten Gang.

»Und wie läuft das?« Ich griff nach einem Stück Knoblauchbrot.

»Eigentlich ganz simpel.« Berggrün hob das Glas mit dem Prosecco und prostete mir zu. »Auf einen netten Abend.«

Auch ich nahm einen Schluck. »Das wünsche ich mir auch.«

Berggrün war ein netter Mann mit guten Umgangsformen. Er kannte die italienische Küche, konnte die Namen der Gerichte richtig aussprechen und verstand etwas von Weinen.

»Die intrauterine Insemination wird bei Paaren angewandt, bei denen die Frau organisch gesund ist. Das Problem sind die Samenzellen des Partners. Sie zeichnen sich durch mangelnde Beweglichkeit oder Verformung aus – fast schon eine Zivilisationskrankheit, die zuzunehmen scheint. Vielleicht auch eine Spätfolge von feministischen Attacken in der Vergangenheit.«

Sieh an, dachte ich, er hat ja sogar Witz.

»Über einen Katheter – also einen Plastikschlauch – wird zum Zeitpunkt des Eisprungs bei der Frau eine bestimmte Menge an Samen direkt in die Gebärmutter eingeleitet. Danach hat die Natur ihre Chance – die kleinen Spermien suchen sich also eine unbefruchtete Eizelle und ... zack!« Beim Wort Zack knallte Berggrün die geballte Faust auf den Tisch.

Luigi nahm es als Aufforderung, nach dem Rechten zu sehen. »Alles in Ordnung, Signore?« fragte er beflissen. Wir versicherten, daß alles okay sei.

Luigi winkte einem der Kellner, der sofort mit zwei Tellern anrückte. Ruccola mit Steinpilzen. Diese waren goldbraun in Olivenöl gebraten, oben drauf grüner Pfeffer und hellgelb geröstete Knoblauchscheiben. Die Salatsauce bestand aus Walnußöl und einem Hauch Balsamessig.

»Der Samen muß natürlich vorbereitet werden«, setzte Berggrün seine Erklärung fort. »Nur die beweglichen und gesunden – also aussichtsreichen Spermien werden in die Nähe der Eizelle gelassen. In manchen Fällen ist auch eine hormonelle Stimulation der Frau nötig, um die Chance auf eine Schwangerschaft zu erhöhen.«

»Und wie sieht die Trefferquote aus?«

Die Steinpilze waren vorzüglich. Ich liebte diese gedrungenen, hellbraunen Produkte der Natur, deren Myzelien monatelang im Waldboden schlummerten, um dann irgendwann im Spätsommer Früchte zu bilden, die mit ihrer Würze meinen Gaumen streichelten.

»Die Schwangerschaftsrate liegt bei der intrauterinen Insemination bei etwa sieben bis dreißig Prozent pro Zyklus.«

»Könnte es sein, daß Kristin Faber durch dieses Verfahren geschwängert worden ist?«

Die Pasta wurde gebracht. Penne arrabiata – Nudeln mit Olivenöl, in dem scharfe Chilischoten gebacken worden waren.

»Ach, darauf wollen Sie hinaus?« Berggrün war überrascht, überlegte dann aber.

»Das stellte die ganze unglückselige Affäre in ein völlig neues Licht«, sagte er dann. »Und wer sollte Ihrer Meinung nach einen solchen Eingriff an der Frau vornehmen? Und vor allem: in wessen Auftrag?«

»Keine Ahnung«, gab ich zu. »Vielleicht ein medizinisches Experiment? Ein Arzt, der mal ausprobieren will, wie die Schwangerschaft einer Patientin im Koma verläuft?«

»Unmöglich. So etwas ist wissenschaftlich uninteressant. Es gibt genug dokumentierte Fälle aus den USA.«

»Dann muß es jemand gewesen sein, der Kristin Faber aus persönlichen Gründen zur Mutter machen will«, sagte ich.

»Und an wen denken Sie da?« Bildete ich es mir ein, oder stockte Berggrüns Atem?

»Der Vater. Er liebt seine Tochter abgöttisch, konnte seinen Schwiegersohn nicht leiden. Nun hat er die einmalige

Chance, nicht nur seine Tochter, sondern auch sich selbst zu reproduzieren.«

»Ihre Phantasie geht mit Ihnen durch, gnädige Frau!«

»Mag sein. Ab wann ist es eigentlich möglich, einen Vaterschaftstest zu machen?«

»Wenn das Kind geboren ist.«

»Keine Fruchtwasseranalyse?«

»Bei dieser Patientin wäre das zu risikoreich, würde sowieso keine endgültige Gewißheit bringen. Uns liegt außerdem keine Genehmigung des Vormundes vor«, erklärte der Chefarzt.

Während ich munter weiterfutterte, hatte Berggrün die Nahrungsaufnahme vorübergehend eingestellt – mein Brainstorming war ihm auf den Magen geschlagen.

»Die Staatsanwaltschaft wird sowieso einen Vaterschaftstest anordnen«, spekulierte ich, »und die Werte mit den Ergebnissen aller Männer vergleichen, die Zugang zum Krankenzimmer hatten. Immerhin gehen die Ermittlungsbehörden noch von Vergewaltigung aus.«

»Haben Sie jemandem von Ihrem Verdacht erzählt?« fragte der Chefarzt.

»Nein. Ich habe ja erst heute abend von Ihnen erfahren, wie einfach eine künstliche Befruchtung ist. Ein Arzt, ein Pfleger, eine Krankenschwester – jeder kann jetzt der Täter sein.«

»Das ist eine sehr kühne Theorie.«

»Aber denkbar, oder?«

Berggrün schaute mir direkt in die Augen. »Allerdings. So könnte es wirklich gewesen sein.«

»Helfen Sie mir, Beweise zu finden!«

»Ich spioniere nicht hinter meinen Mitarbeitern her.«

»Schade. Ich dachte, Sie seien daran interessiert, den Fall zu klären und Ihre Klinik aus den Schlagzeilen zu bekommen.«

Berggrün schwieg. Er überlegte. Dann fragte er: »Was soll ich machen?«

Ich orderte eine neue Flasche Wein, doch auf seine Frage hatte ich auch keine Antwort.

Rosen und Reue

In meiner Wohnung brannte Licht – ich hatte eine Lampe angelassen, als sei Nik noch da. Mir zog es das Herz zusammen, als ich an ihn dachte. Der Lift brachte mich in die fünfte Etage. Vor der Wohnungstür lag ein Strauß gelber Rosen. Sie mußten stundenlang dort gelegen haben, ließen die Blätter hängen, zeigten geknickte Köpfe.

In der Küche schnitt ich sie neu an und stellte sie in eine Vase.

Wo er wohl untergekommen war? Er hatte seine eigene Wohnung aufgegeben, als wir uns entschlossen hatten, zusammenzuleben.

Er wohnt bestimmt bei Frank, dachte ich, da hat er Liesel-Libussa in seiner Nähe. Der Gedanke an sie nahm mir vor Wut fast den Atem. Ziellos lief ich im Zimmer herum. Ein Hauch von Niks Rasierwasser schien im Raum zu schweben, ich sog den Duft ein und schloß vor Schmerz die Augen.

Ich muß mich mit irgendwelchen Dingen beschäftigen, dachte ich, dieses Grübeln macht mich fertig.

Mein Blick fiel auf das Telefon. Jemand hatte auf meinen Anrufbeantworter gesprochen.

Es war Nik: »Es tut mir so leid, und ich wünschte, es sei nicht geschehen. Können wir nicht wenigstens darüber reden?«

Bla-bla-bla. Ich spulte weiter. Bei der Nachbarin lag ein Päckchen für mich, ein Leser bot mir die Geschichte seines

Lebens exklusiv an, und dann schon wieder Nik: »Hör zu, Grappa, es ist wichtig. Mich hat ein Oberarzt aus der Klinik angerufen. Dieser Dr. Cornett will mir Informationen im Zusammenhang mit der Vergewaltigung von Kristin geben. Ich treffe mich mit ihm in einer Stunde – ich habe mich im Astor-Hotel eingemietet. Rufst du mich morgen an? Ich bin ab acht im Büro.«

Er wohnt also nicht bei seiner neuen Freundin, dachte ich. Ich zappte noch ein bißchen durch müde Fernsehprogramme, schminkte mich ab und warf mich in meine Nachtklamotten. Da hörte ich ein Klingeln.

Wenn das Nik ist, schoß es mir durch den Kopf, dann fliegt er hochkant raus. Leise schlich ich zur Tür und guckte durch den Spion. Es war nicht Nik, sondern Hauptkommissar Anton Brinkhoff vom Morddezernat der Bierstädter Kriminalpolizei.

»Guten Abend, Frau Grappa«, sagte er mit belegter Stimme, als ich die Tür geöffnet hatte. »Ich bin nicht gern hier – ich muß Ihnen eine schlimme Mitteilung machen.«

Ein Wiedersehen

»Wie ist das passiert?« Diese einfache Frage zu stellen, forderte meine ganze Nervenkraft. Ich stand neben Brinkhoff an Niks Krankenbett. Sein dunkles Haar lag feucht und wirr auf dem weißen Kopfkissen, im Mund hatte er Plastikschläuche, die Arme lagen locker neben seinem Oberkörper, der von Verbänden umwickelt war. Ich legte meine Hand auf seine, glaubte, ein Echo zu spüren, zog sie nicht wieder weg.

»Eine Polizeistreife hat ihn am Stadtpark gefunden«, berichtete Brinkhoff. »Er hat sich schwerverletzt zur Straße geschleppt, brach dann zusammen. Die Ärzte haben zwei

Kugeln entfernt. Eine ist an den Rippen abgeprallt, ganz in der Nähe des Herzens. Das zweite Geschoß hat die Schulter durchschlagen. Er hat eine Menge Blut verloren.«

»Wer hat das getan?« fragte ich mit vertrocknender Stimme.

»Keine Ahnung. Vielleicht hat Herr Kodil den Schützen erkannt. Wußten Sie, warum er heute abend in den Park wollte? Sie leben doch zusammen – oder bin ich falsch informiert?«

»Wir haben uns vor kurzem getrennt«, teilte ich Brinkhoff mit. »Aber ich weiß trotzdem, was er heute abend vorhatte. Ich fand eine Nachricht von Nik auf dem Anrufbeantworter. Er wollte sich mit einem Zeugen treffen. Es ging um die Vergewaltigung der Frau im Koma. Der Oberarzt, er heißt Dr. Cornett, hat ihm Informationen angeboten.«

Brinkhoff pfiff durch die Zähne. »Das ist interessant. Und warum haben sich die beiden ausgerechnet im Park getroffen?«

»Vielleicht hatte der Mann Angst, mit einem Polizeibeamten gesehen zu werden«, mutmaßte ich.

Die Nachtschwester betrat das Zimmer. »Es ist besser, wenn Sie den Patienten jetzt schlafen lassen«, meinte sie.

»Aber er schläft doch schon«, widersprach ich.

»Das ist kein Schlaf, sondern eine Ohnmacht«, korrigierte sie.

»Wird er es schaffen?« Mein Herz hatte Angst vor der Antwort.

»Da müssen Sie schon den Arzt fragen«, antwortete sie teilnahmslos. Als sie mein Gesicht sah, setzte sie hinzu: »Es sieht ganz gut für ihn aus.«

In dem Augenblick stöhnte Nik leise auf, öffnete ein paar Sekunden später die Augen, sein Blick traf mich, die ich mich schnell über seinen Kopf gebeugt hatte.

»Hallo, Baby«, sagte ich rauh.

Nik bewegte die Lippen, doch es gelang ihm nicht, einen Ton, geschweige denn ein Wort von sich zu geben. Erschöpft schloß er wieder die Lider.

»Sehen Sie«, meinte die Krankenschwester, »er fühlt sich gestört. Würden Sie jetzt bitte gehen?«

Brinkhoff und ich gingen schweigend zur Tür. Draußen auf dem Flur bemerkte ich einen Polizisten in grüner Uniform.

»Er bleibt so lange hier, bis wir wissen, wer hinter dem Anschlag steckt«, erklärte der Hauptkommissar. »Morgen weiß ich mehr, dann legt die Spurensicherung einen ersten Bericht vor. Ich bringe Sie jetzt nach Hause, Frau Grappa. Sie sehen nicht gut aus.«

»Mir geht es auch schlecht. Was tun Sie jetzt?«

»Ich versuche, diesen Oberarzt ausfindig zu machen.«

Im Schwesternzimmer ermittelte Brinkhoff, daß Dr. Henri Cornett in dieser Nacht keinen Dienst hatte.

»Ich setze Sie an Ihrer Wohnung ab und fahre dann bei dem Mann vorbei«, sagte Brinkhoff entschlossen.

Ich schaute auf die Uhr. Es war kurz nach halb zwei nachts.

»Ich komme mit«, kündigte ich an. »Ich will wissen, was da los war.«

»Es ist besser, wenn Sie ausschlafen, Frau Grappa.«

»Glauben Sie wirklich, daß ich mich jetzt seelenruhig ins Bett legen kann?«

Das sah er ein. »Also gut.«

Brinkhoff hatte sich die Privatadresse des Oberarztes aus dem Klinik-Computer geben lassen. Dr. Cornett wohnte gleich um die Ecke – in einer schmalen, völlig zugeparkten Straße mit renovierten Jugendstilhäusern. Brinkhoff stellte seinen Wagen in der dritten Reihe ab – direkt vor dem rosafarbenen Haus, in dem der Doktor wohnen sollte.

Der Hauptkommissar klingelte, dann warteten wir.

Nach etwa zwei Minuten fragte eine müde Frauenstimme: »Ja, bitte? Wer ist da?«

»Kriminalpolizei. Ich muß dringend Dr. Cornett sprechen. Öffnen Sie bitte!«

Es klang so unmißverständlich, daß einige Sekunden später der automatische Türöffner gedrückt wurde.

Der Arzt wohnte im dritten Stock. Oben erwartete uns eine junge Frau im Morgenmantel. »Kann ich Ihren Ausweis sehen?«

Brinkhoff zeigte ihr das Papier, stellte mich als Kollegin vor und trat ein.

»Ich habe ihn schon geweckt«, sagte die Frau. Sie kam mir bekannt vor.

»Arbeiten Sie auch in der Klinik?« fragte ich.

»Ja. Ich bin Krankenschwester.«

»Schwester Petra. Richtig?«

»Ja. Petra Belmont«, meinte sie überrascht.

Sie kam nicht mehr dazu nachzufragen, denn Oberarzt Dr. Cornett kam aus dem Schlafzimmer in den Flur geschlurft. »Was ist passiert?« Er hielt die Hand vor den Mund und gähnte.

Cornett war mittelgroß, untersetzt und hatte eine Halbglatze. Der Pyjama war verwaschen und ungebügelt. Im weißen Kittel konnte er auch nicht wesentlich attraktiver aussehen. Ich musterte Schwester Petra. Sie war ziemlich hübsch, Typ blasse Blondine.

»Ein Kriminalbeamter ist heute abend durch zwei Schüsse schwer verletzt worden«, erklärte Brinkhoff. »Wir wissen, daß er sich mit Ihnen getroffen hat. Sein Name ist Nikolaus Kodil.«

»Was? Ich habe mich mit keinem Beamten getroffen ...«

Brinkhoff und ich warfen uns einen Blick zu.

»Herr Kodil hat es mir aber erzählt«, erklärte ich. »Sie hätten ihn angerufen und ihm Informationen über den Vergewaltigungsfall in Ihrer Klinik angeboten. Hauptkommissar Kodil ermittelt in der Sache.«

»Ich? Ich habe niemandem Informationen angeboten!«

»Wo waren Sie heute abend?« stellte Brinkhoff die Standardfrage nach dem Alibi.

»Zu Hause. Seit vier Wochen war das mal wieder ein freier Tag und eine freie Nacht. Glauben Sie, daß ich mich ausgerechnet an diesem seltenen Jubeltag nachts im Stadtpark herumtreibe, um auf Polizisten zu schießen?«

Cornett log. Ich roch das. Auf seiner Stirn hatten sich Schweißperlen versammelt.

»Ich kann das bezeugen«, mischte sich Schwester Petra ein. »Henri war den ganzen Abend hier.«

»Ich nehme Ihre Aussagen morgen im Polizeipräsidium auf«, meinte Brinkhoff. »Kommen Sie bitte dort vorbei. Und jetzt wünsche ich Ihnen noch eine ruhige Nacht.«

»Ruhige Nacht?« Dr. Cornett lächelte bitter. »Ich muß in zwei Stunden schon wieder aufstehen. Aber das interessiert einen Beamten ja nicht – für Sie gibt es ja den täglichen Büroschlaf.«

Brinkhoff ließ sich nicht provozieren. Er verbeugte sich höflich, wir verabschiedeten uns.

»Komisches Paar«, sagte ich, als wir wieder im Freien waren. »Was sie bloß an dem dicklichen Gnom findet?«

»Ist Ihnen nichts aufgefallen?« fragte Brinkhoff.

»Nö. Was könnte das sein?«

»Er hat gesagt, er habe keine Zeit sich an seinem freien Tag im Stadtpark herumzutreiben.«

»Und?«

»Woher weiß er, daß der Anschlag auf Ihren Freund im Stadtpark geschah? Ich habe den Ort überhaupt nicht erwähnt.«

Eine Stimme am Telefon

Im Morgengrauen wachte ich auf und glaubte einen Augenblick lang, alles geträumt zu haben. Dann war jedoch die Realität wieder da, meine Stimmung sank auf den Gefrierpunkt.

Im Bad betrachtete ich mein Gesicht im Spiegel. Es war bleich und sah nach wenig Schlaf aus. Ich duschte abwechselnd heiß und kalt, bis ich mit rosiger und gut durchbluteter Haut in den Bademantel schlüpfte. Fast hätte ich das Klingeln des Telefons überhört. Es war Peter Jansen.

»Morgen, Grappa«, nuschelte er. »Ich hab gehört, was passiert ist, und ich wollte dir sagen, daß es mir leid tut.«

»Das ist nett von dir«, entgegnete ich.

»Kannst du trotzdem zur Arbeit kommen und die Story schreiben?«

»Bin sozusagen schon unterwegs.«

»Bist du sicher, daß du es schaffst?«

»Ja.«

»Wie geht es ihm?«

»Nicht gut. Ein Schuß ist knapp am Herzen vorbei, einer durchschlug die Schulter. Er hat sehr viel Blut verloren – aber er wird wohl durchkommen.«

»Das freut mich«, meinte Jansen erleichtert. »Wo euer junges Glück zu zweit sozusagen gerade erst begonnen hatte.«

»Das junge Glück war gerade zu Ende. Er hat mich mit einer doofen Blondine betrogen, und ich hab ihn rausgeworfen.« Ich hörte ihn schlucken.

»Auch das noch. Tut mir echt leid, Grappa.«

»Kein Grund, Trübsal zu blasen. So ist das Leben, so sind die Männer.«

»Wie recht du hast«, pflichtete mein Chef mir bei. »Laß es langsam angehen – es reicht, wenn du in einer Stunde da bist.«

»Aye, aye, Sir!« Ich legte den Hörer auf.

Eine halbe Stunde später hatte ich gefrühstückt, mich geschminkt und das Haus verlassen. Ich hatte wohl gestern vergessen, mein Auto abzuschließen, denn die Fahrertür war nur angelehnt. Ich überprüfte kurz den Inhalt meines Gefährtes, nichts fehlte.

In der Redaktion empfing mich Peter Jansen. »Ich muß dich dringend sprechen.«

Entschlossen schob er mich in sein Zimmer und schloß die Tür hinter sich.

»Irgendwas läuft da«, meinte er. Die Irritation war ihm deutlich anzusehen.

»Was läuft?« Ich verstand nur Bahnhof.

»Unser Polizeireporter hat den Polizeifunk abgehört. Sie sind unterwegs.«

»Wer ist wohin unterwegs?« Ich kapierte noch immer nicht.

»Drei Beamte werden gleich in deiner Wohnung auftauchen, um sie zu durchsuchen.«

»Blödsinn! Warum sollten die das tun?«

»Sie suchen eine Waffe.«

»Bei mir?«

»Du wirst verdächtigt, deinen Freund Nik angeschossen zu haben. Aus Eifersucht.«

Mir blieb die Spucke weg. Völlig entgeistert starrte ich Jansen an.

»Grappa, hör mir jetzt genau zu und sag die Wahrheit! Bist du es gewesen?«

»Nein, nein und nochmals nein.«

»Und wo warst du gestern abend?«

»Zuerst war ich im *Pinocchio*, danach zu Hause.«

»Kann das jemand bezeugen?«

»Im Restaurant hat man mich gesehen, danach nicht mehr. In meiner Wohnung war ich allein.«

»Wer könnte dich beschuldigen? Nik vielleicht?«

»Der Arme ist nicht in der Lage zu sprechen«, antwortete ich. »Außerdem würde er sowas nicht sagen können, weil es nicht stimmt.«

Jansens Frage begann in meinem Gehirn Purzelbäume zu schlagen. Wer hätte Interesse daran, mich aus dem Verkehr zu ziehen? Liesel-Libussa, Burger oder gar Berggrün? Mein Gefühl sagte mir, daß die Blondine dahintersteckte.

»Ich habe eine vage Idee, wer mir schaden will«, erklärte ich. »In meiner Wohnung wird allerdings niemand eine Waffe finden – da bin ich sicher.«

Plötzlich fiel mir mein unverschlossenes Auto ein.

»Ich hab da eine Idee. Kommst du mit zu meinem Auto?« fragte ich Jansen. »Ich brauche einen Zeugen.«

Er nickte stumm.

Wir gingen zügig zum Verlagsparkplatz.

»Was soll das?« fragte Jansen.

»Mein Wagen war heute früh nicht abgeschlossen«, erklärte ich. »Das ist mir in den letzten zehn Jahren nicht passiert. Wenn mir jemand eine Knarre untergeschoben hat, dann liegt sie da drin.«

Ich schloß die Fahrertür auf, setzte mich auf den Sitz, zog die ledernen Autohandschuhe über und begann das Auto oberflächlich zu durchsuchen. Im Handschuhfach und in den Seitentaschen an der Fahrer- und Beifahrertür war nichts zu entdecken. Ich griff unter die beiden vorderen Sitze. Meine Finge berührten etwas Hartes. Vorsichtig fischte ich es hervor, immer darauf bedacht, nicht zu große Flächen zu berühren.

»Sieh an – eine Pistole«, verkündete ich triumphierend.

»Das ist keine Pistole, sondern ein Revolver«, korrigierte

Jansen. »Eine Pistole hat ein Magazin, ein Revolver eine Trommel.«

»Meinetwegen. Was soll ich mit dem Schießeisen machen?«

»Da dir das Teil ja nicht gehört – bring's doch einfach ins Fundbüro.«

»Scherzkeks. Ich schätze, daß dies die Tatwaffe ist. Kannst du sie nicht für mich aufheben? Bei dir vermuten sie die nie, und die Genehmigung für eine Hausdurchsuchung bezieht sich nur auf mich. Ich werde Brinkhoff später alles beichten.«

»Grappa, du bringst mich in Teufels Küche«, stöhnte Jansen. »Aber gut! Dann gib das Ding mal her. Pack's in die alte Zeitung dort ein.«

Ich griff zu einer vergilbten Ausgabe des *Tageblattes*, die sich auf dem Rücksitz lümmelte, und schlug die Knarre darin ein.

In diesem Augenblick ertönte ein Martinshorn.

Jansen und ich sahen uns stumm an, dachten beide das gleiche. Sekunden später war die Waffe in Jansens weiter Strickjacke verschwunden.

Ich schloß meinen Wagen ab. Die Polizeiwagen waren da. Sie standen direkt vor der Einfahrt zum Verlagsgebäude.

»Der Hintereingang«, raunte Jansen mir zu.

Niemand sah uns, als wir uns seitlich ins Gebäude schlichen.

»Was sollen wir mit der Waffe machen?« fragte ich.

»Die bleibt erst mal in meiner Jacke«, meinte Jansen ruhig. »Mich wird niemand durchsuchen, du bist ihr Ziel.«

»Ich danke dir«, sagte ich herzlich und drückte seinen Arm.

Kurze Zeit später hatten wir Jansens Büro erreicht. Er zog den Revolver aus der Jackentasche und legte ihn in den kleinen Safe, der in seinem Büro installiert war. Hier waren die sogenannten ›Redaktionsgeheimnisse‹ deponiert: Wichtige oder unangenehme Fotos, geheime Papiere und ähnliches.

»Da kommt niemand dran«, sagte Jansen grimmig und drückte die Tresortür zu. »Wer sich an diesem Safe vergreift, begeht einen Anschlag auf die Pressefreiheit. Sowas wird sich unsere Staatsanwaltschaft nicht erlauben.«

Er hatte diese Hoffnung kaum ausgesprochen, als seine Sekretärin über die Sprechanlage einige Herren der Kriminalpolizei ankündigte.

»Bleib ganz ruhig«, bat er mich – wohl auch, um sich selbst zu beruhigen.

Ich atmete auf, als ich Hauptkommissar Anton Brinkhoff unter den Kripobeamten ausmachte.

»Guten Tag«, sagte Brinkhoff förmlich. »Ich will gleich zur Sache kommen. Hier habe ich ...« er hielt ein Schriftstück hoch »... einen Durchsuchungsbeschluß für Ihr Büro, Frau Grappa.«

»Und was suchen Sie?« fragte ich.

»Das sagen wir Ihnen, wenn wir's gefunden haben«, antwortete ein anderer Kripomann.

»Kennen Sie einen Mann namens Nikolaus Kodil?« begann Brinkhoff mit der Vernehmung.

»Klar.«

»Wann haben Sie ihn zum letzten Mal gesehen?«

»Gestern nacht im Krankenhaus.«

»Und davor?«

»Als er bei mir ausgezogen ist.«

»Wann war das?«

»Vor zwei Tagen.«

»Wo waren Sie gestern abend?« mischte sich der zweite Kripomann wieder ein.

»Um welche Uhrzeit?«

»Ab 20 Uhr.«

»Ich war im *Pinocchio*«, sagte ich, »bis gegen 22 Uhr. Der Geschäftsführer und Prof. Berggrün von den Städtischen Kliniken können das bezeugen. Danach bin ich in meine Wohnung gefahren.«

»Zeugen?«

»Wofür?«

»Daß Sie in Ihrer Wohnung waren.«

»Nein. Ich war allein.«

»Besitzen Sie einen Revolver?«

»Nein.«

»Wo ist Ihr Büro?«

Stumm erhob ich mich und ging zur Tür. Brinkhoff und die anderen folgten mir.

»Bedienen Sie sich«, sagte ich und öffnete meine Bürotür.

Sie durchwühlten den Schrank und den Schreibtisch, natürlich fand niemand etwas außer viel Staub. Danach mußte ich meinen Autoschlüssel aushändigen. Ich tat's mit stoischer Ruhe.

»Wer hat Ihnen den heißen Tip gegeben, daß ich auf Nik geschossen habe?« fragte ich Brinkhoff. Die anderen Polizisten hatten das Büro verlassen hatten, um sich meinen Japaner vorzuknöpfen.

»Sie wissen, daß ich Ihnen das nicht sagen kann.« Brinkhoff wand sich wie ein Aal.

»Eine Frau?«

»Eine Stimme am Telefon.«

»Und das reicht Ihnen, um so einen Aufstand zu veranstalten?«

»Sie müssen das verstehen, Frau Grappa«, sagte Brinkhoff. »Immerhin ist ein Kollege von uns fast getötet worden. Anschläge auf Polizeibeamte nehmen wir immer sehr ernst. Wir müssen jeder Spur nachgehen. Eifersucht ist immer ein gutes Motiv – sozusagen klassisch.«

»Dann würde ich eher diese verdammte Frau meucheln«,

gestand ich. »Aber auch das wäre die Sache nicht wert. Liebe ist Einbildung, der Knast dagegen eine reelle Sache.«

»Da haben Sie recht – heftige Gefühle passen nicht mehr so richtig in unsere Zeit.«

»Genau. Und das bißchen Liebe, das man braucht, kann man sich auch igendwo kaufen.« Ich drehte mich weg, damit er meine Tränen nicht sah.

Die Beamten hatten fast zeitgleich die Durchsuchung meiner Wohnung ohne Ergebnis beendet. Brinkhoff bekam das Ergebnis durchs Handy mitgeteilt. Er entschuldigte sich bei mir. Ich nahm ihm die Aktion nicht übel, er tat ja nur das, was man gemeinhin als ›Pflicht‹ bezeichnet.

Als ich wieder in der Redaktion auftauchte, fragte mich Jansen, was er mit der Waffe machen solle. Leider wußte ich darauf auch keine Antwort.

»Laß sie da, wo sie ist«, riet ich. »Vielleicht fällt uns später was zu diesem Thema ein.«

»Hast du ihn heute schon besucht?«

»Wen?«

»Nik.«

»Nein. Er hat eine neue Freundin.«

»Besucht die ihn denn?«

Ich zuckte die Schultern. »Keine Ahnung. Ist nicht mehr meine Sache.«

»Vielleicht braucht er dich gerade jetzt.«

»Das hätte er sich alles vorher überlegen sollen – bevor ich ihn mit dieser Frau in meinem Bett erwischt habe«, grollte ich.

»Arme Grappa! Du leidest ja richtig! Kann ich was für dich tun?«

»Allerdings. Sprich nie wieder seinen Namen in meiner Gegenwart aus.«

»Mein Gott«, erschrak er. »Du kannst ja richtig hassen. Solche Gefühle ...«

»Warum versucht jeder an mir herumzupsychologisieren?« keifte ich. »Euch scheint es ja richtig zu gefallen, daß es mir mal dreckig geht. Ich komm da wieder raus, und zwar allein.«

»Wie du meinst, Grappa«, sagte er verschnupft. »Ich hab's nur gut gemeint. Geh nach Hause und lecke deine Wunden. Du hast heute frei.«

»Und der Artikel über den Anschlag?«

»Den schreibe ich.«

Jansen ließ mich stehen. Ich hatte ihn vor den Kopf gestoßen, doch es war mir im Moment gleichgültig. Irgendwie war mir alles egal.

Einsam leiden

Ich verbrachte den restlichen Tag mit einer Flasche Wein, einem Buch und der Verdi-Oper *La Traviata*. Zwischendurch dachte ich nach. Interessierte mich die Geschichte überhaupt noch? Was gingen mich Frank Faber, seine kranke Frau und seine verfluchte Schwester an? Oder dieses unglückselige Monsterbaby?

Nach der halben Flasche Sancerre beschloß ich, künftig eine andere Art von Journalismus zu betreiben. Ich würde nur noch über die schönen Dinge des Lebens berichten, von denen es in Bierstadt eigentlich eine Menge gab: Pressebälle, Galopprennen, Töpfermärkte, Basare des Rotary-Clubs, Weinfeste und Golfturniere, Matineen. Ich würde mit Managern soupieren und so tun, als würde mir ihr spätkapitalistisches herzloses Gebrabbel gefallen, ich würde die Designer-Fetzen ihrer Gattinen loben und mir die eine oder andere freundliche Bemerkung über erfolgreich absolvierte Klöppel- oder Thai-Chi-Kurse abquälen. Der Weg zum gesellschaftlichen Erfolg ist zwar lang und schleimig, doch vielleicht gewöhnte man sich dran. Ich nahm noch einen Schluck Wein und noch einen und dann den letzten.

Nein, dachte ich, so kann dein Leben nicht laufen, da kannst du dich gleich begraben lassen. Leben muß weh tun und schwierig sein, jeder Schlag in den Nacken hat seinen tieferen Sinn, bringt dich ein Stück weiter. Und die Liebe? Sie soll verdammt sein. Wir lieben ohnehin nur die Phantome, die wir uns selbst erschaffen haben.

Ich kroch vom Sofa hoch und torkelte – den Kopf schwer vom Alkohol – zum Fenster. Es war inzwischen tiefe Nacht. Ab und zu fuhr ein Auto vorbei, mal ein leerer Bus, mal schlurfte ein später Fußgänger übers Pflaster.

Ich öffnete die Scheiben. Die Luft war feucht, Regen nieselte. Unten auf dem Parkplatz stand mein Auto.

In ihm hatten wir uns das erste Mal geliebt. Es war ziemlich umständlich gewesen, hatte eine gewisse Aufgeschlossenheit und die absolute Lust zur Direktheit gefordert. Die Enge und die Gefahr, überrascht oder angeleuchtet zu werden, hatten den Reiz der Aktion noch um ein Vielfaches erhöht.

Ich schloß das Fenster wieder. Eine einsame Nacht im Bett wartete auf mich. Bereits im Flur, hörte ich das Telefon. Auf dem Weg dorthin kroch Angst meinen Rücken hinauf. War doch nicht alles klar gegangen in der Klinik? Vielleicht eine plötzlich aufgetretene Infektion? Herzversagen? Thrombose?

Panisch stürzte ich zum Telefon. »Ja?«

Es war Hauptkommissar Brinkhoff. »Wir haben die Leiche von Dr. Cornett gefunden.«

»Was? Er ist tot?«

»Sieht ganz danach aus«, meinte Brinkhoff trocken.

»Wie ist das passiert?«

»Wir haben ihn aus dem Kanal gezogen.«

»Mord?«

»Wissen wir nicht. Könnte auch Selbstmord sein, denn es gibt einen Abschiedsbrief.«

»Was steht da drin?«

»Daß er Kristin Faber vergewaltigt hat und daß diese Schuld ihn nicht weiterleben läßt.«

»Das ist ein Ding! Damit wäre der Fall ja geklärt, oder?«

»Ich will erst die Obduktion abwarten«, erklärte der Hauptkommissar.

»Hat er den Anschlag auf Nik auch gestanden?«

»Davon ist in dem Brief keine Rede.«

»Irgendwie stinkt die Sache«, grübelte ich, »Cornett stirbt zu dem Zeitpunkt, als er angeblich auspacken will. Merkwürdig, nicht?«

»Wenn's Mord war, werden wir es bald wissen.«

»Wie geht es Nik?« fragte ich, ohne es zu wollen.

»Besser. Er ist wieder bei Bewußtsein, doch noch sehr schwach. Er hat nach Ihnen gefragt.«

»Ach, ja?«

Infos für den Mörder

Zwischen Leben und Tod – Anschlag auf Kriminalbeamten – diese Schlagzeile prangte mir am nächsten Morgen als Aufmacher im *Bierstädter Tageblatt* entgegen.

Nikolaus Kodil, Hauptkommissar bei der Kriminalpolizei, ist durch zwei Schüsse schwer verletzt worden. Der 35jährige Kriminalbeamte wollte sich im Stadtpark mit einem Informanten treffen, als die Schüsse fielen. Stark blutend konnte sich Kodil auf die Straße schleppen, wo ihn Kollegen einer zufällig vorbeifahrenden Streife fanden. Eine sofortige Operation rettete dem Kriminalbeamten das Leben. Noch ist Kodil nicht vernehmungsfähig. Kodil leitet die Untersuchung im Fall Kristin Faber. Die seit fünf Monaten im Koma liegende Frau ist in der Klinik von einem Unbekann-

ten vergewaltigt worden und im dritten Monat schwanger. Zwischen den Eltern der Frau und dem Ehemann ist ein erbitterter Streit über die Frage ausgebrochen, ob Kristin Faber das Kind austragen soll oder nicht. Die Ärzte geben dem ungeborenen Baby eine gute Chance, das Licht der Welt zu erblicken.

Gar nicht schlecht, Jansen, dachte ich und beeilte mich mit dem Frühstück. Ich würde heute die Story von Cornetts Tod verfassen, meinen Unglauben darüber äußern, daß sich der Oberarzt das Leben genommen hatte und einige gewagte Mordtheorien aufstellen.

Einen kleinen Fehler hatte Jansen aber doch gemacht – der Mörder wußte jetzt, daß Nik noch lebte, und das brachte ihn in Gefahr. Ich wählte Brinkhoffs Durchwahl.

»Hat Kodil noch Polizeischutz?« wollte ich wissen. »Was ist, wenn der Mörder von Cornett auch Nik den Mund stopfen will?«

»Er wird noch immer rund um die Uhr bewacht. Nur Verwandte und Freunde dürfen zu ihm«, beruhigte mich der Hauptkommissar.

»Dann ist es ja gut«, meinte ich erleichtert. »Wie geht es ihm heute? Haben Sie ihn schon vernehmen können?«

»Sein Zustand ist zwar stabil, doch er kann sich an nichts erinnern. Die Ärzte sagen aber, daß sich das bald ändern kann. Er ist noch sehr schwach, schläft viel.«

»Bekommt er Besuch?« Ich dachte an Libussa.

»Nein. Er will niemanden sehen. Nur Sie sind erwünscht.«

»Wie rührend«, versuchte ich ironisch zu sein.

»Sie sollten ihn besuchen.«

»Ich werd's mir überlegen. Gibt es schon was Neues im Fall Cornett?«

»Allerdings. Es war kein Selbstmord. Er wurde ertränkt. Jemand hat ihn unter Wasser gedrückt.«

Zugedeckt lassen, ja?

Schnell unter die Dusche, noch etwas Kaffee und eine Aspirin. Ich muß aus diesem depressiven Loch raus, dachte ich, und das klappte bei mir nur durch Arbeit, die ständige Beschäftigung mit allem, was nichts mit meinem Beziehungsproblem zu tun hatte.

Bevor ich ging, überprüfte ich im Spiegel meinen Gesichtsausdruck – er war mehr als melancholisch. Tapfer lächelte ich mir zu – es gelang mir schon ganz gut, doch die Augen machten nicht mit. Beim dritten Versuch drückte ich die Wirbelsäule raus, streckte die Brust vor, legte die Schultern zurück und hob den Kopf. Schon besser. Fast die alte Grappa, das Mädel zum Pferdestehlen, das Mädel für den Zug durch die Gemeinde und für die anderen rustikalen Dinge des Lebens.

Vor Niks Krankenzimmer schob ein Grünrock Wache. Ich durfte grundsätzlich rein, doch der Polizist bestand darauf mitzukommen. »Ich muß aufpassen, daß dem Kollegen nichts passiert«, sagte er.

»Prima«, witzelte ich. »Ich mag junge Menschen, die ihre Arbeit ernst nehmen.«

Wir traten ein. Nik hatte die Augen geschlossen, er sah bleich aus, doch besser als in der Nacht nach dem Anschlag. Sein Atem war flach, doch ruhig. Er sah hilflos aus, verletzbar, schutzlos, lieb. Jetzt hätte ich ihm alles verzeihen können.

»Hallo, Baby«, sagte ich leise.

Er antwortete nicht.

Leise zog ich einen Stuhl zu mir hin und setzte mich. Ich griff nach seiner Hand, die locker auf dem weißen Oberbett ruhte. Zuerst fühlte sie sich an wie eine Hand, die nicht berührt werden wollte, doch dann entspannten sich die Muskeln, die Finger spreizten sich, ich verwob meine Finger mit seinen und faltete sie. Es war unsere Geste. Er kannte sie im Schlaf.

Dann öffnete er die Augen. Sein Blick verstand zunächst nicht.

»Ich bin's«, flüsterte ich.

Der junge Grünrock verzog sich dezent in die hinterste Ecke des Zimmers.

»Grappa«, murmelte Nik. Seine Lippen waren trocken und aufgesprungen, die Augen glänzten fiebrig.

»Du sollst nicht sprechen«, sagte ich zärtlich. Ihn, der immer so viel Wert auf Fitness und Gesundheit gelegt hatte, in diesem Zustand zu sehen, machte mich ebenfalls krank.

Ich streichelte seine Wange, wuschelte in seinem dunklen Haar, küßte ihn auf die Nasenspitze.

»Es wird alles wieder gut«, flüsterte ich. »Ich werde das Schwein schon kriegen, das auf dich geballert hat.«

Nik reagierte auf meine Ankündigung mit einem leichten Kopfschütteln. Es wirkte ein wenig erschreckt.

»Ja, ja«, sagte ich, »ich weiß, daß das Sache der Polizei ist. Ich mische trotzdem mit und bin ganz, ganz vorsichtig.«

Niks Lippen wollten ein Wort formen, doch er schaffte es nicht.

»Willst du mir was sagen?« fragte ich.

Kopfnicken.

»Okay. Ich frage dich was, Baby. Du mußt nur mit ja oder nein antworten. Wenn du ja meinst, dann drücke meine Hand einmal, bei nein zweimal. Ist das in Ordnung?«

Ein weiteres Nicken zeigte mir, daß er mich verstanden hatte.

»Hast du dich an dem Abend mit Dr. Cornett getroffen?«

Ja.

»Hat er dir Informationen gegeben?«

Nein.

»Warum nicht? Wurde vorher auf dich geschossen?«

Ja.

»Hast du den Schützen erkannt?«

Ja.

Ich stutzte. Merkwürdig. Brinkhoff hatte gesagt, daß sich Nik an nichts erinnern könne. »Wer war der Schütze?«

Keine Antwort. Ich mußte die Frage anders stellen.

»Ich nenne jetzt ein paar Namen. Wenn der richtige dabei ist, dann drückst du meine Hand einmal. Okay?«

Es war Okay.

»Burger?«

Nichts.

»Dr. Berggrün?«

Nichts.

»Libussa Faber?«

Nichts.

Welchen Namen sollte ich jetzt noch nennen?

»Der Pfleger ... wie hieß er doch noch ... Schlagholz?«

Nichts.

Niks Lippen formten ein Wort, ich legte meine Wange an seinen Mund.

»Frank«, hörte ich.

»Was?« Geschockt setzte ich mich wieder.

»Du meinst wirklich, was du sagst?« hakte ich nach.

Kopfnicken.

»Und du willst, daß ich den Namen für mich behalte, richtig?«

Er drückte meine Hand einmal.

»Darf ich mit Frank reden?«

Ein erschrecktes Zweimaldrücken.

»Keine Angst, mir passiert schon nichts. Möchtest du wissen, was inzwischen geschehen ist?«

Ja.

Ich gab Nik eine gestraffte Version der Ereignisse, er hörte mir mit geschlossenen Augen zu, ließ meine Hand dabei nicht los.

Als ich fertig war, perlte Schweiß auf Niks Stirn. Ich hatte ihn überfordert.

»Wir reden über alles, wenn du gesund bist«, flüsterte ich und streichelte seinen feuchten Haaransatz. »Auch über uns beide. Ist das so gut?«

Ja.

»Jetzt muß ich los.« Ich zog meine Hand weg, drückte ihm einen Kuß auf die Stirn. Er roch nicht mehr nach Nik, sondern nach irgendwelchen Produkten der Pharmaindustrie, die desinfizieren und heilen sollten.

Als ich mich Richtung Tür bewegte, ging diese auf und Libussa Faber stand im Türrahmen. Schlagartig spukte in meinem Hirn zum tausendsten Mal das Bild aus jener Nacht: Libussa satt in meinen Kissen, Nik matt auf ihrem Oberschenkel.

Ich blickte zu Nik. Nein, es gab kein Zurück. Jetzt wußte ich es.

»Er gehört Ihnen«, sagte ich zu der Blonden. »Er ist noch ein bißchen schwach. Lassen Sie ihn also zugedeckt, ja?«

Liebe und Lüge

Petra Belmont saß in der Kaffeeküche der Inneren. Sie sah nicht besonders gut aus, ihr ohnehin blasses Gesicht war grau. In ihrem Mundwinkel steckte eine Zigarette.

»Hallo, Frau Belmont«, sagte ich. »Mein Beileid zum Tod Ihres Lebensgefährten. Darf ich Ihnen ein paar Fragen stellen?«

»Wozu soll das gut sein?« raunzte sie mich an. »Ich hab der Polizei schon alles gesagt.«

»Lebten Sie beide schon lange zusammen?« fragte ich. Vielleicht öffnete die Erinnerung an schöne Zeiten ihren verkniffenen Mund.

»Seit einem halben Jahr«, nuschelte sie. Eine Rauchschwade ihres Brennstabes bewegte sich in meine Nähe. Ich versuchte, ihr durch heftiges Wedeln mit der Hand eine andere Richtung zu geben.

»Und? War's die große Liebe?«

»Das geht Sie einen Schreißdreck an.«

Schwester Petra bevorzugte die harte Tour. Kein Problem.

»Mir liegen Informationen vor, die ich eigentlich gar nicht glauben will«, begann ich. »Sie werden verdächtigt, Cornett bei seinem Verbrechen geholfen zu haben. Mein Artikel zu diesem Thema ist schon fertig, ich wollte nur noch Ihre Stellungnahme dazu holen.«

»Sind Sie noch ganz bei Trost?« schrie Schwester Petra.

»Wollen Sie also was dazu sagen, oder nicht?« Ich sah an ihrem Blick, daß ich sie kriegen konnte. Nur ein bißchen Zeit brauchte ich noch.

»Dann eben nicht!« Ich erhob mich. »Schönen Tag noch!«

»Bleiben Sie«, kreischte sie.

»Warum das?«

»Sowas können Sie nicht über mich schreiben!«

»Ach ja? Und warum sollte ich das nicht können?«

»Weil's eine verdammte Lüge ist.«

»Dann sagen Sie mir die Wahrheit!«

Schwester Petra legte die Zigarette zur Seite und begann zu weinen. Na also, es hatte geklappt.

»Fragen Sie!«

»Hat sich Cornett an dem Abend vor seinem Tod mit Hauptkommissar Kodil im Stadtpark getroffen?«

Sie nickte stumm.

»Warum haben Sie Cornett ein falsches Alibi gegeben?«

»Weil Henri es so wollte«, weinte Petra Belmont. »Er kam

völlig aufgelöst nach Hause und erzählte, daß man auf ihn geschossen habe. Er sei knapp entkommen, aber den Polizisten habe es erwischt. Der habe sich vor ihn geworfen, als der Typ rumgeballert hat.«

»Hat Cornett den Schützen erkannt?«

»Nein. Er stand mit dem Rücken zu ihm und ist gleich abgehauen.«

Er hat Nik einfach so liegenlassen, schoß es mir durch den Kopf.

»Warum haben Sie nicht die Polizei gerufen? Der Hauptkommissar hat nur überlebt, weil man ihn zufällig gefunden hat!«

»Ich wollte ja die Bullen rufen«, behauptete sie, »doch Henri hat's mir verboten. Er sagte, der Polizist sei tot, als Arzt könne er das ja wohl beurteilen.«

»Welche Informationen wollte Cornett dem Kommissar geben?«

»Keine Ahnung. Er sagte nur, daß er für niemanden mehr den Kopf hinhalten wolle.«

»Waren das seine Worte?«

»Genau so hat er's gesagt.«

»Können Sie sich vorstellen, was er damit gemeint hat?«

»Henri hatte Geldsorgen. Er lebt getrennt, und seine Alte und die beiden Töchter saugen ihn aus wie eine Zitrone. Er hat noch nebenher gearbeitet – in der Forschung.«

»Forschung?«

»An seinen freien Wochenenden und während seines Urlaubs hat er in einer Privatklinik gearbeitet – mehr weiß ich auch nicht.«

»Wo ist diese Klinik?« Jetzt wurde es spannend.

»Keine Ahnung«, schniefte Petra Belmont.

»Was mußte Cornett dort machen?«

»Henri war ein guter Mediziner, doch mit seiner Karriere klappte es nicht so richtig. Er hat sich mal darüber lustig gemacht, was Leute alles über sich ergehen lassen, um ein eigenes Kind bekommen zu können. Und was sie bereit seien, dafür zu zahlen. Er dachte dabei immer an seine eigenen Töchter, die ihm von seiner Frau – wie sagte er? – angedreht worden seien.«

Endlich eine konkrete Spur, dachte ich, doch was hatte die mit Kristin Faber zu tun?

»Er hat einen Abschiedsbrief hinterlassen«, sagte ich. »In dem steht, daß er Kristin Faber geschwängert hat.«

»So ein Quatsch. Daran glaubt ja noch nicht mal mehr die Polizei. Ich weiß, daß er ermordet wurde. Die Bullen haben's mir erzählt.«

»Was ist an dem Abend passiert, als Cornett getötet wurde?«

»Jemand rief an. Dann sagte Henri, daß er noch mal weg müsse. Ich war sauer, denn wir hatten vor, ins Kino zu gehen. Doch er ließ sich nicht davon abhalten.«

»Haben Sie eine Ahnung, mit wem er sich getroffen haben könnte?«

»Nein.«

Ich überlegte. Frank wollte Cornett vielleicht töten, weil er ihn für den Vergewaltiger seiner Frau hielt, fiel mir ein. Doch wer hatte Frank diesen Hinweis gegeben? Es hatte Nik vermutlich nur erwischt, weil er sich vor Cornett geworfen hatte.

»Danke, daß Sie mit mir geredet haben«, sagte ich mit einem milden Lächeln. »Ich werde meinen Artikel noch mal umschreiben. Wenn sich in der Sache noch was tut, rufen Sie mich bitte an. Besonders wenn Ihnen noch was zu der Klinik einfällt.« Ich legte meine Visitenkarte neben den Aschenbecher.

Erotische Mangelwesen

»Hast du ihn gesehen?« Peter Jansen war neugierig.

»Ja«, sagte ich kurz.

»Wie geht's ihm?«

»Besser.«

»Habt ihr euch versöhnt?«

»Laß mich!« sagte ich grob. Ich hatte keine Lust auf lange Erklärungen, keine Lust auf Ausbreitung meines Seelenzustandes.

»Mensch, Grappa, sei doch nicht so zickig. Ich will doch nur, daß es dir gut geht.«

»Ich weiß. Entschuldige.«

»Also?« hakte er nach.

»Du läßt auch nie locker, was?« Ich schlenderte zur Kaffeeküche, er folgte mir.

»Das Streben nach individuellem Glück ist im unübersehbaren Gelände der Jahrtausende immer wieder vertagt worden«, begann ich zu dozieren. »Du siehst also, daß es sich bei Nik und mir um keinen Einzelfall handelt. Der Wunsch nach Glück ist unerfüllbar.«

Ich füllte fünf Löffel Kaffeepulver in die Tüte.

»Dann schwörst du den Männern mal wieder ab, oder?« Jansen grinste, denn er kannte den Schwur, den ich oft geleistet und immer wieder gebrochen hatte.

»Diesmal meine ich es ernst«, sagte ich fest. »Die Sucht nach Glück macht unfrei. Von Aristophanes gibt's eine Geschichte zu dem Thema. Gottvater Zeus teilte die Menschen in zwei Teile – sie wurden verdammt, als erotische Mangelwesen ständig ihre andere Hälfte zu suchen. Genau das ist auch mein Dilemma, diese pathologische Suche nach dem Pendant.«

»Und du hörst jetzt auf zu suchen?«

»Genau.«

»Da bin ich aber mal gespannt«, lächelte er. »Du bist doch eine Frau in den besten Jahren.«

»Ich werde mir ein Hobby suchen, das mich ganz und gar beansprucht.«

»Stricken? Oder Seidenmalerei? Oder machst du ein Katzenasyl auf?« Jansen lachte übers ganze Gesicht.

»Ich werde es dich wissen lassen«, meinte ich kühl. »Verarschen kann ich mich übrigens selber.«

Wir füllten unsere Tassen mit frischem Kaffee und gingen Richtung Büro. Ich berichtete Jansen, daß Frank Faber der Schütze gewesen war – und vielleicht sogar der Mörder von Cornett.

»Er muß völlig durchgedreht sein«, schloß Jansen aus meinen Bericht.

»Ich werde mit Frank reden«, kündigte ich an. »Ich weiß ja jetzt, daß er aus der Psychiatrie entlassen worden ist und zu Hause rumhängt.«

»Was willst du ihm sagen?«

»Daß er ein durchgeknalltes Arschloch ist«, sagte ich grob. »Und daß er sich freiwillig stellen soll. Außerdem will ich wissen, wer seinen Verdacht auf Cornett gelenkt hat. Es muß der wirkliche Täter gewesen sein.«

Besuch bei Frank

Alle Wege führen zu Lohn oder Strafe. Das mußte Frank wissen. Er hatte den Mann fast umgebracht, der alles versucht hatte, ihm zu helfen. Er hatte ihn schwerverletzt liegen lassen und noch nicht einmal Hilfe geholt. Und – er hatte mir die Frau ins Haus geschleppt, die mir meinen Geliebten ausgespannt hatte. Schon zwei Gründe, ihn zu hassen.

Höchst motiviert also schlug ich nach einem ereignislosen Wochenende den Weg zu Franks Wohnung ein. Es handelte sich um eine kleine Etagenwohnung, in der er seit kurzem lebte. Ich war darauf vorbereitet, auf Libussa zu treffen. Zwei Fliegen mit einer Klappe, dachte ich grimmig.

Franks Auto stand vor der Tür, er war also zu Hause. Ich klingelte so lange, bis mir aufgedrückt wurde. Dann stieg ich die Treppen zu Franks Bude hoch.

Ich betätigte erneut die Schelle. Eine Weile hörte ich nichts, dann Geräusche im Flur, eine Stimme fragte: »Wer ist da?«

»Grappa«, antwortete ich. »Laß mich rein, Frank!«

Die Tür öffnete sich. Ich betrachtete ihn. Er war bleich, hatte bestimmt nächtelang nicht geschlafen, der Blick war dumpf und leer. Ich tippte auf Alkohol.

Ich drückte ihn in den Flur zurück. »Ist deine saubere Schwester auch da?« fragte ich.

»Die ist einkaufen«, nuschelte er.

»Prima«, sagte ich, »dann sind wir zwei ja erst mal unter uns.« Ich setzte mich unaufgefordert auf einen abgewetzten Polsterstuhl. Alles hier war verkommen und ungepflegt.

»Warum hast du das getan?« begann ich.

»Was?« Sein Blick wurde ein wenig wacher.

»Du hättest ihn fast umgebracht. Warum also?« Meine Stimme war hart.

»Ich wollte das nicht«, flüsterte Frank. Er sank auf die Knie, legte die Hände vors Gesicht und begann gottserbärmlich zu schluchzen. Der vermasselt dir die Tour, dachte ich grimmig. Jemanden, der schon am Boden liegt, zu treten, ist unfair und nicht mein Stil.

»Hör auf zu flennen«, brüllte ich und versuchte, ihn vom Boden hochzuziehen. Es gelang, und Frank stand ganz nah vor mir. Er war nicht viel größer als ich, unsere Blicke verkrallten sich ineinander.

»Also los«, forderte ich ihn auf, »erzähl schon!«

Mit meiner Faust in seiner Magengegend drückte ich ihn zu dem Sessel hin. Er plumpste tief hinein.

»Ich höre! Und wage es nicht, mich anzulügen!«

»Was willst du denn wissen?« flennte Frank.

»Zum Beispiel wie du auf Cornett als Täter gekommen bist.«

»Auf der Station gibt's diesen Pfleger. Bruno Schlagholz. Ich hab ihn mal abends angesprochen, als seine Schicht zu Ende war. Er hat mir erzählt, daß Cornett oft allein in Kristins Zimmer war und daß er glaubt, er habe sich an ihr vergriffen. Einmal sei er dazu gekommen, als er Kristin untersucht hat.« Frank begann wieder zu schluchzen.

»Ja und?«

»Er hatte ihr die Decke weggezogen.«

»Das beweist doch gar nichts!«

»Auch nicht, daß seine Hose runtergelassen war?« schrie Frank.

»Das schon eher«, erkannte ich an. »Aber woher willst du wissen, daß Schlagholz nicht lügt? Und warum hat er das alles nicht der Polizei erzählt? Nik hat ihn doch vernommen – ich habe das Protokoll selbst gelesen.«

»Er hat Geld von Cornett gekriegt«, behauptete Frank.

»Wo sind die Beweise?«

»Der Abschiedsbrief!« beharrte Frank.

»Jetzt aber der Reihe nach«, forderte ich. »Was war an dem Abend? Und woher wußtest du, daß sich Nik mit Cornett treffen wollte?«

»Nik hat's mir erzählt. Das war die beste Gelegenheit, mit Cornett kurzen Prozeß zu machen.«

»Und warum hast du dann Nik angeschossen, du elender Dilettant?«

»Aus Versehen. Nik stand mit dem Rücken zu mir, Cornett hat mich gesehen, als ich mit der Waffe hinter einem

Busch auftauchte. Er fing an zu schreien. Nik drehte sich um, warf sich vor ihn und kam so in meine Schußbahn. Es war ein Unfall. Das mußt du mir glauben!«

»Ach ja? Wieso fielen dann zwei Schüsse?« schrie ich. »Du hast zweimal auf deinen besten Freund geschossen. Und Cornett hatte keine einzige Schramme!«

»Ein Reflex«, jammerte er. »Nik fiel nicht sofort um, sondern blieb stehen. Cornett versteckte sich hinter ihm. Dann lief er weg, und ich schoß noch mal.«

»Und hast wieder Nik getroffen.«

»Ja«, bekannte er, »Nik sah mich an, bevor er hinfiel. Ich wußte, daß er mich erkannt hatte. Ich bin dann hinter Cornett hergelaufen, um ihn doch noch zu erwischen.«

»Du hast Nik also einfach liegen lassen? Er wäre fast gestorben!« Ich konnte es nicht fassen.

»Ich war völlig durchgedreht«, verteidigte er sich, »als ich wieder zur Besinnung kam, bin ich zum Stadtpark zurückgelaufen, doch Nik war nicht mehr da.«

Als er meinen grimmigen Blick sah, setzte er hinzu: »Bitte, Grappa, du mußt mir glauben! Ich hätte einen Krankenwagen geholt!«

»Und jetzt erzählst du mir, wie du Cornett doch noch erwischt hast.«

»Wieso?«

»Wie hast du's gemacht?«

»Was denn?«

»Ihn umgebracht!«

»Ist er denn tot?« Frank hatte eine verblüffte Miene aufgesetzt.

»Hör auf zu lügen«, forderte ich. »Keiner glaubt daran, daß es Selbstmord war. Du hättest dir mehr Mühe geben sollen. Wie hast du ihn dazu gekriegt, daß er diesen Abschiedsbrief schreibt?«

»Ich weiß nicht, wovon du sprichst!« kreischte er.

»Jetzt komm mir nicht so, Frank. Das hier ist die Stunde der Wahrheit.«

»Ich hab Cornett seit dem Abend nicht mehr gesehen«, flüsterte er mit panischem Blick. »Bitte, glaub mir, Grappa! Ich las in der Zeitung, daß Nik gefunden worden ist. Ich habe solche Gewissensbisse, daß ich mich gar nicht aus dem Haus traue.«

»Ich glaube dir kein Wort.«

»Frag Liesel, wenn du mir nicht glaubst. Ich war überhaupt nicht in der Lage, aus dem Haus zu gehen.«

»Gut, daß du deine saubere Schwester erwähnst«, brauste ich auf. »Mit der habe ich sowieso noch ein Mega-Hühnchen zu rupfen.«

Frank hielt jetzt den Mund, starrte nur noch vor sich hin. Ich ging im Zimmer auf und ab und dachte nach. Was, wenn er es wirklich nicht war?

»Hör zu, Frank«, sagte ich zu dem Häufchen Elend auf dem Stuhl, »ich glaube, daß dich jemand dazu bringen wollte, Cornett zu töten. Wer könnte dieser Jemand sein?«

Die Frage überforderte Frank. Er guckte mich an wie ein waidwundes Reh.

»Wie wär's mit deinem verehrten Schwiegervater?«

»Wieso der?«

»Ich habe da eine Theorie. Burger hat seine eigene Tochter geschwängert. Wenn das stimmt, dann mußte er einen Verbündeten in der Klinik haben. Cornett wußte zu viel, hat ihn vielleicht sogar erpreßt ...«

»Hör auf, Grappa, das ist ja widerlich«, schrie Frank. Er hielt sich die Ohren zu.

»Es ist das einzige Motiv, das es gibt! Die Vergewaltigung war vielleicht eine sogenannte intrauterine Insemination.«

»Eine ... was?«

»Künstliche Befruchtung. Mit einem Plastikschlauch. Das geht ganz einfach. Burger liebt seine Tochter abgöttisch, sich selbst liebt er vielleicht noch ein bißchen mehr. Er hat die Chance genutzt, ein Baby nach seinen Wünschen zu erschaffen.«

»Der Mann heißt Dr. Burger und nicht Dr. Frankenstein!«

Ich hörte ein Geräusch im Flur und wußte: Libussa rückte an. Sie schien bestens aufgelegt zu sein, denn sie trällerte ein Liedchen in einer Sprache, die ich nicht verstand. Wahrscheinlich Pimperanto.

»Hallo, Frank«, rief sie und stand schon im Zimmer.

Als sie mich erblickte, ließ sie vor Schreck die beiden Einkaufstüten fallen und erstarrte.

»Hallo, Libussa«, sagte ich. »Wie geht's, wie steht's?«

»Was wollen Sie hier?«

»Ich habe Ihren Bruder besucht. Er hat auf Nik geschossen, und ich wollte wissen, warum.«

»Stimmt das, Frank?«

Frank nickte stumm.

Libussa ging zu ihm, schlug ihn ins Gesicht und schrie: »Du verdammter Trottel!«

Frank hob die Hände schützend vors Gesicht.

»Keine Angst«, sagte ich. »Ich glaube nicht, daß Nik seinen alten Freund anzeigt. Und wenn doch, dann ...«

»... kriegt er den Beklopptenparagraph«, unterbrach sie mich grob. »Gucken Sie sich dieses elende Wrack da an.«

»Hau doch wieder ab, du verdammte Schlampe«, bäumte sich Frank auf. »Du gehst mir schon lange auf den Keks. Warum soll ich eigentlich darunter leiden, daß dein letzter Kerl dich mal wieder hochkant an die Luft gesetzt hat?«

»Hat er das?« Ich war interessiert.

»Und wie! Er hat sie mit einem Pferdepfleger im Stall überrascht und ihr mit der Peitsche eins übergezogen.«

»Halt die Klappe, Frank!« kreischte Libussa und stürzte sich wieder auf ihn. Mit den Fäusten hämmerte sie auf seinem verwirrten Kopf herum.

Ich fand die starke Präsenz von brutaler Gewalt in der sich mir darbietenden Variante höchst amüsant.

»Dämliches Flittchen«, brüllte Frank. »Pack deine billigen Klamotten und verpiß dich! Ich will dich nie wieder sehen!«

Libussa ließ von ihm ab, warf sich auf den Boden und flennte, was das Zeug hielt. Bei Tränenausbrüchen stand sie ihrem Bruder in nichts nach.

Frank stand jetzt über ihr, in den Händen die beiden Plastiktüten. Er drehte sie um und schüttete den Inhalt über sie aus. Es war Kleidung, billige Klamotten, die wahrscheinlich irgendwelche armen philippinischen Kinder in stickigen Schuppen zusammengeschustert hatten.

»Nimm deine blöden Fetzen auch gleich mit«, schrie Frank. »Wird's bald!«

Libussa hatte inzwischen zu weinen aufgehört. Sie stand wieder auf den Beinen und raffte ihren Plunder vom Teppichboden auf. Zehn Minuten später hatte sie die Wohnung verlassen.

»Und jetzt?« fragte ich. »Machst du dir keine Sorgen, wo sie bleibt? Sie ist doch immerhin deine Schwester.«

»Die kommt schon irgendwo unter«, meinte Frank ungerührt. »In ihrem Leben hat es immer gute und schlechte Zeiten gegeben. Jetzt ist sie wieder mittendrin in den schlechten. Die bekrabbelt sich schon wieder.«

Kein Zurück, kein Voran

Als ich Niks Zimmer auf der Intensivstation betrat, war es leer. Das Bett war abgezogen, ein Putzeimer stand auf dem Boden. Der Anblick traf mich wie ein Schlag. Ich stürzte nach draußen und fragte die erstbeste Schwester völlig fassungslos: »Wo ist er?«

»Wer?«

»Nik Kodil. Der Patient aus Zimmer 35.«

»Moment.«

Sie ging ins Schwesternzimmer. »Er ist verlegt worden«, meinte sie nach dem Studium einer Liste. »Dritte Etage, Zimmer 120.«

Nik saß fast aufrecht in seinem Bett, als ich in sein Zimmer kam. Die Farbe seines Gesichtes war normal, der Glanz seiner Augen jedoch noch leicht fiebrig.

»Hallo, Nik«, sagte ich mit belegter Stimme, »ich sehe, daß es dir sehr viel besser geht.«

»Hallo, Maria.« Sonst nannte er mich immer Grappa.

»Setz dich zu mir.« Er deutete auf eine freie Stelle auf seiner Matratze.

»Ich nehme lieber diesen Stuhl.«

Ein paar Sekunden lang schwiegen wir, die Stille lag wie ein Messer zwischen uns.

»Ich habe mit Frank gesprochen«, begann ich. »Er hat zugegeben, im Stadtpark auf dich geschossen zu haben. Eigentlich wollte er Cornett umbringen, weil er glaubte, daß der Kristin vergewaltigt hat. Schlagholz – das ist der Pfleger – hat ihm diese fixe Idee eingeredet.«

»Ich habe mir so was ähnliches gedacht, als ich in jener Nacht sein erschrecktes Gesicht sah«, sagte Nik. »Armer Frank.«

»Du brauchst kein Mitleid mit ihm zu haben«, wandte ich ein. »Er hat dich einfach so liegen lassen. Um ein Haar wärst du verblutet. Du solltest ihn anzeigen.«

»Das kann ich nicht tun. Er ist mein Freund.«

»Na, Klasse! Ein toller Freund, der dich fast umgebracht hätte.«

»Wärst du dann traurig gewesen?« fragte er und griff nach meiner Hand.

»Ach, Nik«, sagte ich leise. »Sicher wäre ich traurig gewesen.«

»Ich wünschte, es wäre wieder so wie früher.«

»Ich will mit dir nicht über uns reden«, sagte ich.

»Warum nicht? Du hast es mir versprochen.« Sein Schlafzimmerblick traf mich, und ich hatte alle Lust der Welt, meine Vorsätze beiseite zu schieben, doch da war noch immer dieser Schock.

»Ich weiß, aber ich kann nicht. Ich stehe morgens mit dem Bild aus jener Nacht auf und gehe mit ihm schlafen.«

»Kann ein einmaliger Ausrutscher wirklich alles zerstören, was zwischen uns war?«

»Die Erinnerung nicht, aber die Zukunft.« Ich machte eine Pause. »Was hat dir eigentlich gefehlt?« fragte ich dann.

»Was meinst du?«

»Was hat sie dir gegeben, was ich dir nicht gegeben habe?«

Nik schwieg, er dachte nach.

»Sie ist nicht so verdammt anstrengend«, sagte er schließlich.

»Was meinst du damit?« fragte ich erstaunt.

»Unser Spiel lief immer nur nach deinen Regeln«, sagte er. »Du bist zu dominant. Das war manchmal schwer für mich zu ertragen.«

»Ich bin zehn Jahre älter als du«, versuchte ich zu erklären. »Ich habe früher oft Fehler gemacht, die ich diesmal vermeiden wollte. Damit die Sache mit uns beiden ein Erfolg wird.«

»Erinnerst du dich, daß wir mal übers Kinderkriegen gesprochen haben?«

»Sicher.«

»Du hast gesagt, daß du dir selbstverständlich keine Kinder wünschst, und wenn doch – rein theoretisch natürlich – daß das Kind möglichst mein Aussehen und deine Intelligenz bekommen solle.«

»Was ist daran so schlimm?« wunderte ich mich. »Ich

wollte damit nur sagen, daß du ein sehr attraktiver Mann bist!«

»Aber ein bißchen beschränkt, oder?«

»Blödsinn! So habe ich das nicht gemeint!« entrüstete ich mich. »Außerdem wollte ich mir doch nur einen kleinen Spaß machen. Wenn ich gewußt hätte, daß es dich verletzt, dann ...«

»Siehst du, Grappa«, sagte Nik leise, »du merkst gar nicht, wenn du Menschen kränkst, die dich lieben. Hauptsache, du hattest deinen Spaß und die Gelegenheit, eines deiner berüchtigten Bonmots unterzubringen.«

»Und trotzdem willst du zurück zu mir?«

»Ich will nicht zurück zu dir, sondern ich will, daß wir wieder zusammenleben.«

»Sag ich doch!«

»Nein, das hast du nicht gesagt.«

»Dein Selbstbewußtsein ist zu schwach ausgeprägt«, stellte ich fest. »Ob du zu mir oder ich zu dir, das ist doch ziemlich egal.«

»Du merkst den Unterschied noch nicht einmal«, meinte er. Ich nahm seine Hand, wir verschränkten die Finger ineinander.

»Baby«, sagte ich zärtlich. »Ich weiß, welcher Teufelsbraten ich sein kann. Aber langweilig war es nie mit mir, oder?«

»Keine Sekunde«, gab er zu.

»Und was hast du noch an mir auszusetzen?«

»Du bist exaltiert, egoistisch, grob und manchmal brutal«, zählte Nik auf. »Es ist verdammt schwer, mit dir klar zu kommen, Grappa. Und dich zu lieben ist fast unmöglich – aber ich hab's geschafft.«

»Du bist ein echter Held.«

»Schön, daß du das endlich einsiehst.« Nik grinste. Es schien ihm wirklich besser zu gehen, er wurde schon wieder aufmüpfig.

Ich strich das dunkle Haar aus seiner Stirn. Es zeigte erste graue Strähnen. »Was soll bloß werden?« murmelte ich.

»Laß es uns noch mal versuchen.«

»Wir verschieben die Entscheidung.« Ich löste meine Hand aus seiner und erhob mich. »Ich bin froh, daß es dir besser geht, und diese Freude läßt mein Gehirn nicht richtig arbeiten. Ich muß in Ruhe über alles nachdenken.«

»Immer cool bleiben, was? Ja keine Schwäche zeigen oder etwas aus dem Gefühl heraus entscheiden.« Es klang enttäuscht.

»Es ist besser, ich gehe«, sagte ich und verließ das Zimmer.

Edle Gene, schaler Wein

»Ich kann dir heute keine Story liefern«, sagte ich, als Jansen mir erwartungsvoll entgegenkam. »Frank hat auf Nik geschossen, doch Nik will ihn nicht anzeigen.«

»Dieser Faber! Hast du schon mit ihm gesprochen?«

»Sicher. Er ist ziemlich fertig. Er bestreitet allerdings, Cornett umgebracht zu haben. Nach der Schießerei im Stadtpark hat er nach seinen Aussagen keinen Versuch mehr gemacht, den Doktor um die Ecke zu bringen.«

»Und wer war's dann?«

»Gute Frage. Aber ich kann sie dir nicht beantworten.«

»Mist!« entfuhr es Jansen. »Die Sache stockt.«

»Etwas Interessantes gibt es doch noch«, berichtete ich. »Der Stationspfleger – er heißt Schlagholz – hat Frank auf Cornett gehetzt. Er habe ihn angeblich mit heruntergelassenen Hosen an Kristins Krankenbett gesehen. Schlagholz soll Cornett deshalb sogar erpreßt haben.«

»Dann wäre deine These mit der künstlichen Befruchtung ja hinfällig«, schloß Jansen messerscharf.

»Weißt du, was ich glaube? Hier will jemand die Vergewaltigungsthese auf jeden Fall aufrecht erhalten. Denk mal an den Abschiedsbrief von Cornett.«

Jansen gähnte. »Es ist spät, Grappa. Noch ein schnelles Bier irgendwo?«

»Bier?«

»Für mich natürlich Wasser«, sagte Jansen schnell.

»Ich dachte, du hättest wieder ...«

»Hör auf, deine Stirn zu kräuseln«, forderte er. »Bei mir ist alles im grünen Bereich.«

»Das ist gut.«

Wir waren die letzten in der Redaktion. Das bedeutete, überall Lichter zu löschen, Computer auszustellen und in den Aschenbechern nach glimmenden Kippen zu schauen, die die herumliegenden Zeitungsstapel abbrennen konnten. Endlich schloß Jansen die Tür ab.

Die Kneipe nebenan bot an dem Abend Live-Musik – Jazz-Klassiker. Ich bestellte einen Viertel Liter Edelzwicker und ein paar Tapas, die in diesem Szeneschuppen gerade ›in‹ waren. Jansen labte sich an einem prickelnden Mineralwasser. Er verzog das Gesicht dabei, und ich wußte, daß er an verbotene Genüsse dachte.

»Weißt du, Grappa«, sinnierte mein Chef. »Dieses ganze Theater ums Kinderkriegen finde ich zum Kotzen. Es gibt so viele Bälger auf der Welt, die niemand will, die auf den Straßen leben und dort verkommen. Warum werden die nicht flächendeckend auf die Leute verteilt, die unbedingt Kinder wollen?«

»Für manche zählen Kinder nur, wenn sie die eigenen edlen Gene in sich tragen. Eine Mischung aus Größenwahn und Eitelkeit.«

»Meine drei Jungs werden von mir genauso geliebt wie Beate, unser Adoptivkind«, sagte Jansen. »Weißt du noch, wie du Gerda und mir die Kleine angedreht hast?« Er lachte.

Natürlich wußte ich es. Beate, das zarte kleine Mädchen, das von seinen Eltern an fremde Männer verkauft worden war und das meine Freundin Laura hatte retten wollen. Laura wurde ermordet, und ich lernte Beate kennen. Das war jetzt vier Jahre her – Beate hatte sich zu einem flotten Teenager entwickelt, der neuerdings ein ganz natürliches Interesse für Jungs zeigte.

»Das war eine Story damals!« rief ich aus. »Aber wir haben sie alle zur Strecke gebracht.«

»Und das Kind gerettet«, ergänzte Jansen. »Es war gut, daß du nicht lockergelassen hast, Grappa. Du hast ein großes Herz.«

»Danke«, sagte ich gerührt. »Das konnte ich gut brauchen. Ich habe heute schon gehört, daß ich brutal und egoistisch bin und noch so 'n paar nette Sachen.«

Die Jazz-Klänge kamen mir plötzlich traurig vor, der Edelzwicker schmeckte schal.

The same old story of a boy and a girl in love ...

Da war sie wieder – die Melodie jenes verdammten Abends.

Schonzeit

In den nächsten Tagen hatte ich keine Zeit, über meine verkorkste Beziehungskiste nachzudenken. Kristin Faber war nämlich spurlos verschwunden. Daß sich eine Komapatientin nicht von selbst auf die Socken gemacht haben konnte, war klar. Ich tippte sofort auf Burger. Er wollte das ungeborene Kind seiner Tochter wohl keinen weiteren Gefahren mehr aussetzen.

Wer entführte schwangere Koma-Patientin? – Chefarzt ratlos titelte ich.

Ratlos schien Dr. Frederik Berggrün wirklich zu sein,

denn es war blankes Entsetzen in seiner Stimme, die durchs Telefon an mein interessiertes Ohr drang.

»Was war mit den Wachhunden vor Kristin Fabers Tür?« fragte ich. »Haben die geschlafen?«

»In der Tat. Jemand hat ihnen ein Mittel in den Tee getan«, berichtete er.

»In welchen Tee?«

»Die Schwestern der Intensivstation haben die beiden jeden Tag mit Tee versorgt. Aber wie das Schlafmittel in die Tassen gekommen ist, weiß niemand.«

»Und? Haben die Schwestern wenigstens was bemerkt?«

»Nein. Die saßen im Schwesternzimmer und schliefen ebenfalls.«

»Tolle Sache«, bemerkte ich. »Eine Intensivstation im Tiefschlaf, voll mit Patienten, die zwischen Leben und Tod schweben.«

»Ich bitte Sie, Frau Grappa«, flehte Berggrün, »schreiben Sie das bloß nicht. Das ruiniert den Ruf unseres Krankenhauses!«

»Mag sein. Doch darauf kommt's nun auch nicht mehr an. Und was wahr ist, muß wahr bleiben«, blieb ich stur. »Haben Sie eigentlich mal bei Dr. Burger nachgefragt? Vielleicht steckt er hinter der Sache.«

»Warum sollte er? Er kann seine Tochter ohne unsere Zustimmung hinbringen, wo er will, ohne sie entführen zu müssen.«

»Und die Angestellten an der Pforte? Es muß doch auffallen, wenn da jemand rausgeschafft wird, der an lebenswichtigen Maschinen hängt!«

»Wer sagt denn, daß Frau Faber noch an den Apparaten hängt?«

»Sie meinen, daß sie auch tot sein kann?«

»Woher soll ich das wissen?« Berggrün schien wirklich verzweifelt.

»Wird denn über die Krankentransporte kein Buch geführt?«

»Wir sind ein großes Krankenhaus. Fast jede Stunde fahren Krankenwagen vor, holen Patienten ab oder bringen sie. Die Namen werden mit den Anweisungen der Ärzte auf den jeweiligen Stationen abgeglichen. Doch das ist in dem Fall wohl versäumt worden.«

»Schöne Scheiße«, bewertete ich. »Was sagt Burger dazu?«

»Ich habe ihn noch nicht gesprochen, er ist im Ausland unterwegs.«

»Wenn er's wirklich nicht gewesen ist, wird er Ihnen das Leben zur Hölle machen – das ist Ihnen doch klar?«

»Allerdings«, gab Dr. Berggrün zu. »Gegen ein Verbrechen kann jedoch niemand etwas machen.«

»Zuerst wird eine Ihrer Patientinnen geschwängert und dann entführt. Vielleicht sollten Sie Ihr Haus mal auf Sicherheitsvorkehrungen durchchecken lassen.«

»Das habe ich schon längst veranlaßt«, behauptete der Chefarzt. »Ich kann Sie nur bitten, Ihre Artikel zurückhaltend zu formulieren. Der Konkurrenzdruck unter den Krankenhäusern ist zur Zeit sehr stark ...«

»Ich weiß«, unterbrach ich ihn, »das Kostendämpfungsgesetz im Gesundheitswesen. Das war's dann wohl?«

Ich legte auf, denn ich hatte genug von den Entschuldigungen.

Schon wieder ein Ende

»Paß mal auf, Frank«, setzte ich ihm die Pistole auf die Brust. »Du kannst die Sache mit Nik vielleicht ein bißchen gutmachen, in dem du in den nächsten Wochen genau das tust, was ich sage.«

Frank Faber schaute mich nur abwesend an. Er war noch schockiert durch die Lektüre meines Zeitungsartikels, aus dem er am Morgen erfahren hatte, daß seine Frau aus der Klinik verschwunden war.

»Nik geht es zwar besser, aber er kann natürlich in der Sache nicht weiter ermitteln. Wir beide müssen das jetzt in die Hand nehmen. Hörst du mir überhaupt zu?«

Ich trat zu ihm und schüttelte ihn. Frank roch nach tagealtem Schweiß und war mal wieder kurz vorm Durchdrehen.

Ich zog ihn hoch, schob ihn ins Bad. In der Wanne hatte lange niemand mehr gelegen, ich spülte sie einmal kurz durch und ließ heißes Wasser ein. In einer Ecke fand ich den Rest eines Schaumbades. Ich entsorgte es ins Wasser. Ein blumiger Duft erfüllte das Badezimmer.

»Ab in die Wanne«, befahl ich.

Frank saß auf dem Klodeckel und sah mir teilnahmslos bei meinen Aktionen zu.

»Mensch, laß dich nicht so hängen«, schnauzte ich ihn an. »Zieh diese stinkenden Klamotten aus und leg dich ins Wasser. Wasch dir auch die Haare – du siehst gottserbärmlich aus. Wird's bald?«

»Laß den Kommandoton, Grappa«, brüllte er plötzlich. »Wir sind hier nicht auf dem Kasernenhof!«

»Na also«, grinste ich. »Es ist doch noch Leben in dir. Und jetzt mach einen Striptease – oder soll ich mal Hand anlegen?« Ich trat mit erhobenen Händen drohend auf ihn zu.

»Bloß nicht«, erschrak er, »das hätte mir zu meinem Unglück noch gefehlt.«

Eilig begann Frank Faber sein Hemd aufzuknöpfen.

»Ich suche derweil ein paar saubere Klamotten in deiner Bude«, kündigte ich an. »Und wasch dich bitte gründlich – auch die Stellen, die man nicht auf den ersten Blick sieht. Ich habe eine empfindliche Nase.«

Sekunden später hörte ich ihn im Wasser plantschen.

Im Schlafzimmer herrschte das Chaos. Frank hatte wochenlang nicht gebügelt, und seine saubere Schwester war wohl in Sachen Haushalt keine große Hilfe gewesen, als sie sich bei ihm eingenistet hatte.

Ich fand ein einigermaßen ansehnliches T-Shirt und eine zerknitterte Jeans neben dem Bett. Jetzt noch Unterwäsche und Socken. Ich zog die Schublade einer Kommode auf – und wurde fündig. Hier lagen ein Herrenslip und ein Hemd. Leider paßten beide nicht zusammen. Als ich die Teile in der Hand hielt und sie betrachtete, wußte ich, warum. Der Slip gehörte Nik Kodil, es war die Nobel-Marke, die er gewöhnlich trug, und auch das eingestickte Monogramm stimmte.

Ich starrte wie vom Donner gerührt auf die beiden Buchstaben *NK*. Dann überkam mich die Wut, ich warf mich aufs Bett, hämmerte auf die Matratze, fand keinen Widerstand für meine Fäuste, sprang wieder auf, schlug gegen die Wand, spürte endlich den Schmerz, zog die vier Schubladen aus der Kommode und pfefferte sie durch den Raum. Dabei stieß ich einen markerschütternden Schrei aus.

»Was ist denn hier los?« Frank stand pitschnaß und mit einem Badetuch um die Hüften im Türrahmen.

»Du hast zugelassen, daß es deine verdammte Schwester mit Nik hier in diesem Zimmer getrieben hat«, schrie ich.

»Wieso?«

Anklagend hielt ich ihm den Slip unter die Nase. »Weil das hier Nik gehört ...«

Frank starrte auf die Unterhose. Dann begriff er.

»Nik hat mich darum gebeten«, entschuldigte er sich. »Was sollte ich machen? Er ist schließlich mein Freund! Tut mir echt leid, Grappa, daß du dich jetzt so aufregst.«

»Paß mal auf, mein Lieber«, sagte ich – um Fassung bemüht. »Deine ganze Sippschaft inklusive deiner armen Frau kann mir künftig gestohlen bleiben. Soll sie ihr Monsterbaby doch kriegen – mich kümmert das nicht mehr. Ich bin fertig. Fertig mit euch allen.«

Ich stieg durch das Durcheinander und verließ die Wohnung.

Jagdfieber

In der frischen Luft merkte ich, daß es nicht so weh tat wie beim ersten Mal. Man gewöhnt sich eben an alles, dachte ich, sogar an den fortgesetzten Betrug.

Ich fuhr zu meiner Bäckerei und kaufte mir zwei Mandelhörnchen, die ich noch während der Fahrt zur Redaktion in mich hineinstopfte. Die Hörnchen ließen meinen Blutzukkerspiegel ansteigen, und ich fühlte mich schon besser.

»Alles in Ordnung, Grappa-Baby?« fragte Peter Jansen. Wir liefen uns auf dem Redaktionsflur über den Weg.

»Alles bestens«, log ich.

»Du siehst so ...«, er suchte nach Worten, »... apokalyptisch aus.«

»Und was meinst du damit?«

»Als hättest du gerade einen Ritt durchs Feuer hinter dir.«

»So ähnlich«, gab ich zu. »Nur war's ein Ritt durch die Niederungen der Gefühle. Aber ich komm schon besser damit klar.«

»Mandelhörnchen?« grinste er und guckte auf meinen Blazer.

»Schlauberger«, lächelte ich und schnippte ein paar Krümel vom Revers.

»Nik?« ließ er nicht locker.

»Ja – aber ich hoffe, daß es das letzte Mal war. Irgendwann mußte es mal ein Ende haben. Ein richtiges Ende – nicht nur im Kopf, sondern auch in der Seele.«

»Arme Grappa.« Jansen legte den Arm um mich. Sein Mitgefühl war echt.

»Ich erhole mich schon wieder«, versprach ich. »Aus jeder Krise meines Lebens bin ich bisher ein Stückchen stärker und weiser herausgekommen. Und illusionsloser.«

Wir gingen eine Weile schweigend nebeneinander.

»Laß uns eine Tasse Kaffee in meinem Büro trinken«, meinte Jansen. »Dann können wir bereden, wie es mit der Story weitergeht.«

»Die Geschichte ist für mich gestorben«, sagte ich. »Aber Kaffee können wir trotzdem trinken.«

Jansens Büro war eine Mischung aus Zeitungslager, technischer Kommandozentrale und Wohnzimmer. Überall türmten sich zurückliegende Ausgaben des *Bierstädter Tageblattes,* zwei Computer bedeckten den Großteil eines riesigen Schreibtischs, auf dem gerahmte Fotos sämtlicher Mitglieder der Familie Jansen standen. Die Putzfrauen trauten sich schon lange nicht mehr, die Oberfläche des Schreibtischs zu feudeln, denn Jansen haßte es, wenn sein geordnetes Chaos umdekoriert wurde.

»Du willst also aussteigen?« begann er, als der Kaffee vor uns stand. »Sagst du mir, warum?«

»Die Story überfordert mich mental«, antwortete ich. »Du weißt, daß ich zu einigen der beteiligten Personen ein persönliches Verhältnis habe – und das ist niemals gut für eine gewissenhafte journalistische Recherche.«

»Du meinst Nik?«

»Den auch. Ich meine aber auch Franks verdammte Schwester, die ihn mir ausgespannt hat.«

»Dieses Flittchen hat doch gar keine Bedeutung«, wandte Jansen ein. »Zumindest nicht für den Verlauf der Story. Und Nik ist aus dem Verkehr gezogen.«

»Im wahrsten Sinne des Wortes«, sagte ich sarkastisch.

»Vielleicht änderst du deine Meinung, wenn ich dir die

neueste Entwicklung mitteile.«

»Ach ja?« Mein Interesse hielt sich trotz der Ankündigung in engen Grenzen.

»Bruno Schlagholz war heute früh hier«, berichtete Jansen. »Das ist der Pfleger, der Cornett angeblich mit heruntergelassener Hose an Kristins Bett gesehen hat.«

»Ich weiß, wer das ist«, reagierte ich cool.

»Er wollte dich sprechen – da warst du gerade bei Frank Faber.«

»Und? Was hat er gesagt?«

»Nicht viel – nur, daß er auspacken will. Und daß er Angst hat, daß ihn jemand umbringt.«

»Wer sollte das sein?«

»Keine Ahnung. Der Typ wollte nur mit dir sprechen. Er hat mir aber noch gesagt, daß er Cornett nicht ermordet hat. Mehr konnte ich nicht aus ihm herausholen.«

»Welchen Eindruck machte er?« Ich spürte, wie sich mein Puls beschleunigte und ein beginnendes Jagdfieber meine Körpertemperatur ansteigen ließ.

»Eindruck? Der Mann hat Todesangst. Er wollte untertauchen. Und er scheint wirklich was zu wissen.«

»Wie komme ich an ihn ran?«

»Er ruft dich an. In etwa ...«, Jansen schaute auf die Uhr, »... zehn Minuten. Sprichst du mit ihm?«

»Klar.«

»Also machst du weiter?«

»Das weiß ich noch nicht. Kommt drauf an, was er mir erzählt.«

»Grappa-Baby – du kannst nicht widerstehen – ich kenne dich doch!«

»Darauf würde ich nicht wetten«, beugte ich vor.

»Niemand auf der Welt schreibt so schöne Krawall- und Skandalgeschichten wie du!«

»Ich weiß.«

»Du bist die Beste!« sülzte er.
»Verdammter Schmeichler.«
»Ich und schmeicheln? Ich weiß gar nicht, was das ist.«

Im Film – im Leben

Bruno Schlagholz meldete sich pünktlich. »Ich muß Sie dringend sprechen«, begann er.

»Ach ja?« dehnte ich. »Und was sollten Sie mir zu sagen haben?«

»Ich will auspacken«, kündigte der Pfleger an.

»Interessant. Und was?«

»Nicht am Telefon – ich will mich mit Ihnen treffen.«

Ich beschloß, ihn noch ein bißchen zappeln zu lassen.

»Sagen Sie mir, um was es geht«, forderte ich ihn auf. »Ich habe keine Lust, meine Zeit zu vergeuden. Außerdem sind Sie daran schuld, daß einer meiner Freunde angeschossen wurde. Weil Sie Faber auf Dr. Cornett gehetzt haben.«

»Der Polizist?«

»Ja.«

»Ich kann doch nichts dafür, daß dieser Faber ein miserabler Schütze ist ...«

»Sie machen mir Spaß«, blaffte ich. »Warum wollten Sie Cornett aus dem Verkehr ziehen?«

»Man hat mich dazu gezwungen.«

»Und wer?«

»Das sage ich Ihnen, wenn wir uns treffen.«

»Also haben Sie den Doktor nicht an Kristins Bett gesehen – mit heruntergelassener Hose?«

»Wann können wir uns sehen?« Schlagholz hatte seine Stimme plötzlich gedämpft.

Ich wollte gerade einen Treffpunkt vorschlagen, als ich durch den Telefonhörer ein gräßlich lautes Tuten hörte und gleich darauf noch eins. Erschrocken riß ich den Hörer von meinem Ohr weg.

»Hallo! Sind Sie noch da?« fragte ich zwei Sekunden später.

»Ich muß Schluß machen«, hörte ich Schlagholz flüstern. »Ich melde mich wieder bei Ihnen.«

»Warten Sie!«

Zu spät. Der Pfleger hatte den Hörer aufgelegt.

Nachdenklich starrte ich auf meine Schreibtischunterlage, und mir schwante, daß ich gerade einen groben Fehler gemacht hatte. Meine Unzugänglichkeit hatte uns keinen Treffpunkt vereinbaren lassen. Ich rief in der Klinik an und erfuhr, daß Schlagholz seinen Job hingeschmissen hatte. Von heute auf morgen.

Das Telefon klingelte erneut. Das mußte er wieder sein! Erleichtert nahm ich den Hörer auf.

»Was hat er gesagt?« Es war Peter Jansen.

»Daß er sich mit mir treffen will.«

»Und? Wann wird das sein?«

»Gar nicht. Bevor wir was vereinbaren konnten, mußte er auflegen. Hast du eine Ahnung, von wo aus er telefoniert hat?«

»Er sagte heute morgen nur, daß er zur Arbeit müsse«, erinnerte sich Jansen.

»Und wo ist das? Seinen Job in der Bierstädter Klinik hat er aufgegeben. Er muß also was Neues haben.«

»Keine Ahnung, was das sein könnte.«

»Verdammter Mist!« entfuhr es mir. »Vielleicht hat er wirklich wichtige Informationen gehabt.«

»Er wird sich schon wieder melden«, versuchte mich Jansen zu beruhigen.

»Im Film werden die Leute immer ermordet, bevor sie auspacken können«, wandte ich ein.

»Aber im richtigen Leben läuft das nicht so.«

»Dein Wort in Gottes Ohr«, seufzte ich. »Was dagegen, wenn ich für den Rest des Tages freinehme?«

»Krankenbesuch?«

»Nein. Mein Kühlschrank ist leer, meine Fenster müssen geputzt werden, und ich muß endlich mal wieder Wäsche waschen. In meiner Wohnung herrscht das Chaos.«

Ein lautes Tuut

Ich kaufte eine Kiste meines derzeitigen Lieblingsweines – *Terre di tufi*, einen Vernaccia di San Gimignano, der im Barrique gereift war. Ein teures Tröpfchen, doch egal. Ich lebte schließlich wieder allein, konnte Niks Portion Alkohol noch mit trinken. Warum also hatte ich mir eigentlich einen Mann angeschafft? Damit er mir meinen Wein wegtrinkt?

Als ich die schwere Kiste in die Wohnung schleppte und schwer atmend in der fünften Etage ankam – der Lift war mal wieder kaputt – wußte ich, warum: Männer können besser schleppen als Frauen.

»Na, dann Prost, Grappa-Baby«, sagte ich drei Minuten später zu mir, als der Korken neben einer Flasche lag.

Nach dem zweiten Glas verschob ich den Gedanken an die schmutzigen Fenster und die volle Waschmaschine.

Ich saß allein in der Küche und starrte vor mich hin. Die Geräusche, die von der Straße zu mir drangen, wurden plötzlich laut und störend, marteten mein Gehirn.

Die richtige Zeit für Musik und Ablenkung. Ich nahm Weinflasche und Glas, ging zum CD-Player, fischte Rachmaninoffs *Paganini Rhapsodie* aus dem Regal, warf sie ins Gerät, drehte die Lautstärke auf und drückte die Play-Taste. Wohlige Klänge umfingen mich, ich hielt das Weinglas gegen das Licht und ergötzte mich an der kühl-gelben Farbe.

Ich bereute plötzlich, die Story aufgegeben zu haben,

denn sie hatte alles, was eine gute Geschichte ausmacht: Gefühl und Verbrechen. Außerdem tat es mir leid, Kristin Faber einfach so im Stich gelassen zu haben. Eine Frau, die zur Gebärmaschine degradiert worden war, zur biologischen Reproduktionsstation, verdiente mehr als nur journalistisches Interesse.

Frank hat recht, dachte ich, die einzige Lösung für Kristin Faber ist der Tod. Schmerz und Glück vergessen können, unglaublich leicht werden, kristallene Klarheit, wenn die Körperlichkeit aufhört, einfach verschwinden und nicht wiederkommen.

Die Flasche war schon lange leer, doch meine Stimmung hatte sich nicht gebessert. Der Alkohol versagte nun auch schon als Tröster in trüben Stunden.

Fast hätte ich das Klingeln an der Tür überhört. Ich schaute auf die Uhr – es war fast 22 Uhr. So geräuschlos, wie es ging, schlurfte ich zur Tür und schaute durch den Spion. Es war Frank Faber.

»Was willst du?« knurrte ich.

»Laß mich rein, Grappa«, jammerte er. »Ich hab doch sonst niemanden.«

Ich atmete tief durch und öffnete. Frank hatte mal wieder geweint, er sah völlig fertig aus.

»Willst du Wein?« fragte ich, als er auf der Wohnzimmer-Couch saß.

Er nickte stumm, ich nutzte die Gelegenheit, die nächste Flasche zu köpfen, und goß ihm ein Glas voll.

Dann stellte ich den Rachmaninoff leiser.

»Ist was passiert?« fragte ich leise.

»Was machen die mit Kristin?« weinte er los. »Warum hilft ihr denn keiner?« Er goß den Wein in einem Zug runter.

»Beruhige dich«, sagte ich und drückte seinen blonden Kopf an meinen Busen, »es wird alles gut – ganz bestimmt.«

»Brigitte hat angerufen.«

»Brigitte?« Ich verstand nur Bahnhof.

»Meine Schwiegermutter.«

»Kristins Mutter?« Irgendein Gefühl sagte mir, daß die Story genau in dieser Sekunde eine Wendung erhalten würde.

»Sie hat Kristin gesehen.«

»Was hat sie?«

»Sie hat gesehen, wie Kristin ins Haus gebracht wurde.«

»Mensch, Frank! Drück dich klarer aus! Welches Haus – zum Teufel noch mal – meinst du?«

»Das Sanatorium, in das Burger seine Frau gebracht hat«, antwortete Frank. »Hast du noch was von dem Wein?«

»Sag mir erst, welches Sanatorium deine Schwiegermutter meint!«

»Brigitte hat keine Ahnung, wo sie untergebracht ist. Niemand sagt es ihr. Sie hat ein Telefon gefunden und mich in einem unbewachten Augenblick angerufen.«

»Wird deine Schwiegermutter denn gefangen gehalten?« Ich war fassungslos.

»Gib mir Wein«, forderte Frank Faber.

Noch so ein Fall für den Kreuzbund, dachte ich und ging in die Küche.

»Also, erzähl schon«, sagte ich zwei Minuten später, als wir beide mit ordentlich gefüllten Gläsern auf dem Sofa saßen. »Burger hat mir erzählt, daß seine Frau einen Nervenzusammenbruch hatte und deshalb in ärztlicher Behandlung sei. Leider habe ich mich mit der Antwort zufrieden gegeben, anstatt die Sache zu überprüfen. Was hat sie dir noch erzählt?«

»Brigitte sagt, daß es ihr gut geht und sie nicht versteht, daß sie nicht nach Hause darf.«

»Hat sie Kontakt zu ihrem Mann?«

»Ich habe keine Ahnung. Sie konnte nicht länger mit mir

telefonieren, weil jemand kam. Ach, Grappa, was sollen wir nur tun?« heulte er.

»Du bist wirklich ein verdammter Jammerlappen, Frank!« schnauzte ich ihn an. »Ich hab zwar nichts dagegen, wenn Männer ab und zu mal weinen, aber du übertreibst es.«

»Ich mache mir Sorgen um Kristin!«

»Du mußt auf jeden Fall die Nerven behalten«, riet ich. »Diese neue Spur ist Gold wert ... und eine tolle Story obendrein. Burger hält seine Frau gefangen und kidnappt seine eigene Tochter! Das ist wirklich ein Ding. Er täuscht eine Entführung vor, um von seinem anderen Verbrechen abzulenken.«

»Hör auf, Grappa!« Frank schüttelte sich vor Ekel. »Ich kann nicht glauben, daß er ...«

»Er hat nicht mit ihr geschlafen, sondern einen Arzt dazu gebracht, eine intrauterine Insemination an ihr vorzunehmen.«

»Das macht die Sache auch nicht besser«, jammerte Frank. »Ich liebe Kristin und habe sie nicht schützen können. Erst der Unfall und nun das ... Ich wünschte, ich wäre tot. Warum bin ich nicht draufgegangen?«

»Hör endlich auf zu heulen«, forderte ich. »Die Sache ist so, wie sie ist. Wo könnte dieses Sanatorium sein?«

»Wir müssen es suchen«, stellte Frank fest und widmete sich seinem Getränk.

»Gute Idee. Und wie sollen wir das machen?« Ich war ratlos.

»Es ist ein privates Sanatorium, irgendwo auf dem Land.«

»Wie kommst du darauf?«

»Brigitte erzählte, daß die Bauern ringsum die Getreideernte einfahren würden. Sie kann das von ihrem vergitterten Fenster aus sehen.«

»Toller Anhaltspunkt«, stöhnte ich. »Felder! Davon gibt's allein im Sauerland und im Bergischen Land mehr als genug. Sogar in Timbuktu wird Korn angebaut. Hat sie kein Meeresrauschen gehört oder einen Vulkanausbruch von ihrem Fenster aus beobachtet?«

»Als sie mich angerufen hat, war da so ein lautes Tuten im Hintergrund«, murmelte Frank. »Ein ganz merkwürdiges Geräusch.«

»Ein Tuten?« Mir dämmerte etwas. »So etwa?«

Ich ahmte das gottserbärmliche Geräusch nach, das ich während des Telefonats mit Bruno Schlagholz gehört hatte.

»So ähnlich. Ich glaube, das war irgendein Signal ... wie bei Bauarbeiten an Bahnstrecken. Damit die Gleisarbeiter nicht vom Zug zermatscht werden. Oder so ähnlich.«

Ich schlug mir vor den Kopf. »Genau!«

»Dann muß das Sanatorium auf dem Land liegen und an einer Eisenbahnstrecke«, schloß Frank messerscharf. »Das finden wir, oder Grappa?«

»Das tun wir. Und wir finden dort diesen Pfleger, der dich dazu bringen wollte, Cornett ins Jenseits zu befördern. Er hat mich von dort aus nämlich angerufen.«

Drei Adressen

Wir hatten uns gegen acht Uhr morgens in der Redaktion verabredet. Ich kramte alle möglichen Stadtpläne zusammen, die in den Büros herumlagen, befreite meinen Schreibtisch von allen Dingen, die auf ihm lagen, kochte eine Kanne starken Kaffee und schickte Frank erst mal zum Einkaufen in die nächste Bäckerei.

Als er mit vier belegten Brötchen zurückkam, brütete ich bereits über den ausgebreiteten Plänen.

»Weit können sie Kristin in ihrem Zustand nicht transportiert haben. Die Klinik muß also in erreichbarer Nähe sein. Aber wo? Ich wußte gar nicht, daß es so viele Bahnlinien in der näheren Umgebung gibt«, stöhnte ich und biß erst mal in eine Käsesemmel.

»Wirklich?« fragte Frank kleinlaut.

»Mach nicht so ein Gesicht. Uns interessieren nur die Schienenstrecken, an denen gerade gearbeitet wird. Und deshalb werde ich – wenn ich gefrühstückt habe – bei der Bahn AG anrufen.«

»Tolle Idee, Grappa!« meinte Frank bewundernd. »Du bist Klasse!«

»Sowas nennt man Recherche, Kleiner!« Ein Stück Käse fiel mir in den Ausschnitt, ich fummelte es wieder heraus und schnippte es durch den Raum. Es landete auf der Fensterbank.

Ich dachte an die gemütlichen Frühstücksstunden mit Nik, die sich niemals wiederholen würden. Er hatte immer den Tisch gedeckt, während ich mir heißes Wasser über den Körper laufen ließ. Und wenn ich frisch geduscht auftauchte, war die erste Tasse Kaffee bereits eingeschenkt und das Müsli angerührt. Ich schloß die Augen und zwang mich, die Erinnerung zu verscheuchen.

»Dann mal los!« machte ich mir selbst Mut und wählte die Nummer der Bahn AG. Dort hatte man natürlich keinen blassen Dunst, verwies mich an die Instandsetzungsabteilung.

»Wir haben Auftragsfirmen mit den Arbeiten betraut«, erfuhr ich. »Um welche Strecke handelt es sich denn?«

»Das will ich ja gerade von Ihnen wissen«, sagte ich verzweifelt nach einer guten halben Stunde vergeblichen Telefonierens.

»Tut mir leid«, sagte die gelangweilte Stimme am Telefon, »wenn Sie mir nicht den Gleisabschnitt nennen können, kann ich Ihnen nicht sagen, welche Firma in unserem Auftrag dort arbeitet.«

Genervt knallte ich den Hörer auf. »Verdammter Mist!«

»Und wie nennt man das?« fragte Frank.

»Vergebliche Recherche«, grinste ich. »Die Bahn-Fuzzis sind keine große Hilfe. Wir müssen uns was anderes einfallen lassen.«

»Und was?«

»Gib mir die Chance, meine kleinen grauen Zellen zu aktivieren«, bat ich. Erhobenen Hauptes schritt ich durch mein Büro, den Becher Kaffee in der Hand und das zweite Brötchen mümmelnd.

»Dr. Berggrün«, rief ich und bekam prompt einen Krümel in die Luftröhre. Nachdem ich ausgiebig gehustet hatte, wählte ich die Nummer des Chefarztes und hatte Glück.

»Hallo und guten Morgen«, meinte ich forsch, nachdem ich meinen Namen genannt hatte, »sind Sie noch immer am Aufenthaltsort Ihrer Koma-Patientin interessiert?«

Er war.

»Welches private Sanatorium wäre für die Betreuung von Kristin Faber ausgestattet?«

Dr. Frederik Berggrün überlegte kurz und nannte mir drei Adressen. »Haben Sie etwa eine Spur von ihr?« fragte er dann.

»Nicht direkt«, hielt ich mich bedeckt. »Die Logik allerdings sagt mir, daß Kristin Faber ohne entsprechende Apparate bald tot sein würde. Deshalb kann der Entführer sie nur dahin gebracht haben, wo eine professionelle medizinische Betreuung gewährleistet ist.«

»Da haben Sie recht«, meinte Berggrün. »Kann ich Ihnen noch weiter behilflich sein?«

»Hat sich Burger inzwischen bei Ihnen gemeldet?«

»Natürlich. Er ist völlig verzweifelt, daß seine Tochter verschwunden ist, und droht der Klinik eine Klage an.«

»War seine Verzweiflung echt?«

»Sicher. Wieso fragen Sie?«

»Ich traue ihm nicht über den Weg«, antwortete ich.

»Ich glaube, Sie tun dem Mann unrecht, Frau Grappa«, meinte Dr. Berggrün mild. »Er ist ein besorgter Vater, weiter nichts.«

»Hoffentlich haben Sie recht«, sagte ich. Ich mußte mich bedeckt halten. »Was sagt die Polizei eigentlich zum Verschwinden von Kristin Faber?«

»Die Ermittlungen laufen. Hauptkommissar Brinkhoff ist der Leiter der Sonderkommission.«

Brinkhoff also. Das war gut. Ich verabschiedete mich, nachdem ich Berggrün versichert hatte, den Ruf seiner Klinik nicht unnötig zu schädigen, wenn er mich weiter mit Informationen versorgen würde.

Nicht wieder anfangen

Leider waren alle drei Adressen, die mir Berggrün gegeben hatte, Flops. Keines der Häuser lag in unmittelbarer Nähe einer Bahnstrecke. Doch der liebe Gott läßt aufrechte Journalisten bei ihrer hehren Aufgabe nicht im Stich. Bei der letzten Klinik erfuhr ich noch einen vierten Namen. Es handelte sich um ein Privat-Sanatorium im Münsterland.

Ich beschaffte mir eine Straßenkarte, fand die Gegend und peilte die Lage: Im Norden verlief eine Bahnstrecke, das Haus selbst lag etwa sechs Kilometer vom nächsten Ort entfernt in der Pampa.

Es war bereits gegen elf Uhr, als Peter Jansen in meinem Zimmer auftauchte. Ich stellte ihm Frank vor und tat kund, daß ich am Nachmittag meine Recherche aufs Münsterland auszudehnen gedachte.

»Sei vorsichtig«, warnte er, »und melde dich, wenn du da bist. Außerdem solltest du Hauptkommissar Brinkhoff sagen, daß du diese Klinik besuchst.«

»Keine Lust«, maulte ich, »sonst taucht er auf, bevor ich

die Story im Kasten habe. Kannst du mir deine Fotokamera leihen? Die Geschichte muß vernünftig dokumentiert werden.«

»Die kannst du haben.«

Er verließ mein Zimmer und kam kurze Zeit später mit dem Fotoapparat in der Hand zurück. Das Schätzchen war uralt, dafür aber unverwüstlich und technisch so einfach, daß sogar ich das Ding bedienen konnte.

»Ich habe einen neuen Film eingelegt«, berichtete Jansen. »Nur für den Fall, daß du wirklich Bilder machen willst und es nicht wieder vergißt – wie neulich in der Klinik. Der Auslöseknopf ist übrigens hier oben rechts. Da mußt du drauf drücken, und das Bild ist im Kasten.«

»Sag bloß!«

»Wann kommst du zurück?«

»Wenn ich Kristin Faber ausfindig gemacht habe.«

»Soll der da etwa mit?« Jansen deutete mit dem Kinn auf Frank Faber, der mal wieder – von einer eindeutigen Depression gebeutelt – auf dem Stuhl saß und vor sich hinstierte. Wenigstens heulte er noch nicht.

»Hatte ich eigentlich vor.«

»Nicht, daß er durchdreht«, warnte Jansen. »Er könnte zur Gefahr für dich werden.«

»Ach wo«, wehrte ich ab. »Den hab ich voll im Griff. Nicht wahr, Frank?«

Frank nickte abwesend.

»Wie du meinst«, sagte Jansen. »Laß mir die Adresse da – falls ihr nicht wieder auftaucht und ich euch raushauen muß. Außerdem habe ich noch immer die Waffe im Safe.«

»Welche Waffe?«

»Die in deinem Auto lag. Willst du sie mitnehmen?«

Ich hatte das Teil völlig vergessen.

»Lieber nicht«, antwortete ich. »Wer 'ne Knarre hat, der benutzt sie auch. Außerdem will ich nicht mit der Waffe erwischt werden, mit der vermutlich auf Nik geschossen worden ist.«

Ich schrieb die Adresse der Klinik auf und reichte Jansen den Zettel.

»Apropos«, sagte er – bereits in der Tür stehend. »Nik Kodil hat angerufen. Er wollte dich sprechen.«

Ich zuckte die Schultern und setzte eine desinteressierte Miene auf. Jansen trollte sich.

»Was ist, Frank?« blaffte ich Faber an. »Willst du hier Wurzeln schlagen, oder können wir endlich losfahren?«

Reise in die Morgenröte

Der Weg zur Privatklinik ›Morgenröte‹ war einfach zu finden. Vom Pott aus lassen sich die Ziele auf bestens asphaltierten Straßen oder gar Autobahnen erreichen. Je weiter wir uns von Bierstadt entfernten, desto grüner und ländlicher wurde die Landschaft.

»An der nächsten Abfahrt müssen wir raus«, sagte Frank.

Ich warf ihm einen Blick zu. Frank Faber sah verdammt mies aus, das ehemals honigblonde Haar, das dem seiner Schwester gleich war, schien von einem grauen, stumpfen Schleier überzogen, seine Gesichtsfarbe ließ auf zu wenig Schlaf und zuviel Alkohol schließen.

»Schaffst du das alles auch?« wollte ich wissen. »Es könnte vor Ort zu Komplikationen kommen.«

»Kein Problem«, behauptete er.

»Hoffentlich. Du siehst nicht gut aus.«

»Du auch nicht, Grappa!« gab er es mir zurück.

»Ich fühle mich auch nicht besonders.«

Ich warf mir selbst einen Blick im Autospiegel zu. Er hatte recht. Meine Haut war bleich, die Augen lagen übergroß und von Schatten umgeben im Gesicht, die Mundwinkel zeigten nach unten, das rote Haar brauchte dringend einen feschen Neu-Schnitt.

»Bald geht es für uns beide wieder aufwärts, oder, Frank?«

»Für dich vielleicht.«

»Das Leben geht weiter.«

»Erzähl mir nicht so eine platte Scheiße!« meinte er wütend.

»Du hast recht. Entschuldige bitte.« Ich war noch nie eine begabte Trösterin.

»Wie schaffst du es eigentlich ohne Nik?«

»Alkohol, kalte Duschen und Selbsthilfekassetten«, versuchte ich zu witzeln. »Manchmal kaufe ich mir auch eine dieser Hochglanz-Zeitschriften, in denen nette Männer abgelichtet sind, und gucke mir die Bilder an.«

»Kristin fehlt mir so sehr«, sagte Frank leise. »Nachts hat sie sich immer an mich gekuschelt, und morgens lag ihr Kopf auf meiner Brust. Und wenn sie dann die Augen geöffnet hat und mich sah, war so ein Lächeln auf ihren Lippen. Ich bin fast verrückt geworden vor Zärtlichkeit und ...«

»Hör auf, Frank«, sagte ich schroff. »Diese Zeiten sind eben vorbei. Achte lieber darauf, daß wir die Ausfahrt nicht verpassen.« Gut, daß er nicht bemerkte, wie ich mir eine Träne von der Wange tupfte.

»Hier ist es!«

Ich setzte den Blinker und bog ab. Wir wurden zu einer Landstraße geleitet, auf der es schnurgerade durch Felder und Wiesen ging.

»Da ist die Bahnlinie!« Frank deutete nach rechts.

»Wunderbar«, sagte ich. »Das klappt ja prima. Wir sollten bei den Pfadfindern anheuern.«

Die Straße führte ein paar Kilometer parallel zu den Gleisen, dann bog ein schmaler Weg nach rechts ab. Es paßten gerade mal zwei Autos aneinander vorbei, rechts und links säumten alte Obstbäume die Fahrbahn. Am Ende der Allee schimmerte weißes Gemäuer.

»Das Haus da muß es sein«, stellte ich fest und stoppte meinen Wagen.

»Wie sollen wir vorgehen?« fragte Frank.

»Du mußt genau das machen, was ich dir sage. Ist das klar?« Meine Stimme klang überlegen, doch ich hatte keinen blassen Dunst, was jetzt passieren sollte.

»Klar, Grappa«, sagte Frank folgsam. »Du bist der Boß!«

Ich strapazierte meine Gehirnwindungen, doch sie reagierten mit keinem übermäßigen Interesse. Dann sah ich auf der Straße den Wagen, der von der Klinik kommen mußte.

»Duck dich, wenn das Auto näher kommt«, befahl ich Frank.

Wir gingen beide auf Tauchstation, im Rückspiegel sah ich, daß die hellgraue Nobellimousine ein Bierstädter Kennzeichen trug. Doch da war noch mehr. Ich identifizierte eine Frau mit langem, blondem Haar.

»Hast du jemanden erkannt?« fragte Frank, als er wieder gerade saß.

»Allerdings. Im Auto saß deine saubere Schwester.«

»Liesel?« Frank war verdattert. »Ich dachte, die sei längst wieder bei ihren Filmleuten. Sie hat mich angerufen und gesagt, daß sie aus Bierstadt verschwindet.«

»Na ja«, sagte ich. »Auf ein paar Lügen mehr oder weniger kommt's bei deiner Schwester wohl nicht an. Etwas anderes macht mir mehr Sorgen. Liesel kennt mein Auto und hat es bestimmt gesehen. Könnte also sein, daß man ganz schnell weiß, daß wir in der Nähe sind. Wir müssen sofort handeln.«

Ich holte mein Handy aus der Tasche, wählte die Nummer des vor uns liegenden Sanatoriums und wartete.

»Privatklinik Morgenröte. Guten Tag! Was kann ich für Sie tun?«

»Maria Müller mein Name. Ich möchte Herrn Schlagholz sprechen, Bruno Schlagholz.«

»Der Name sagt mir nichts«, behauptete die Stimme nach einer kleinen Pause.

»Er arbeitet als Pfleger bei Ihnen.«

»Moment, ich schaue gern noch einmal nach.«

Ich wartete.

Nach langen Sekunden kam die Antwort: »Ja, ich habe ihn. Er arbeitet erst seit zwei Wochen hier. Ich verbinde ...«

Niemand meldete sich, in der Warteschleife wurde Mozarts *Kleine Nachtmusik* vergewaltigt.

»Er meldet sich nicht«, sagte die Frauenstimme. »Versuchen Sie es bitte später ...«

»Moment«, unterbrach ich, »verbinden Sie mich bitte mit seiner Station, damit ich mich erkundigen kann, wann er Dienst hat.«

»Auf der Station meldet sich niemand. Tut mir leid.«

Die Verbindung war gekillt. »Mist«, schimpfte ich.

»Wenigstens wissen wir, daß es diese Klinik ist«, sagte Frank. »Wenn Schlagholz hier arbeitet, dann sind auch Kristin und Brigitte Burger hier. Ich verstehe nur nicht, was Liesel mit der Sache zu tun hat. Vielleicht hat Burger ihr einen Job als Krankenschwester besorgt ...«

»Der besorgt ihr was anderes, aber bestimmt keinen Job«, mutmaßte ich grimmig.

»Grappa! Liesel ist nicht so verkommen, wie du glaubst. Sie hat sich in die Klinik eingeschleust, um mir zu helfen – da bin ich ganz sicher.«

»Traumtänzer.«

»Und was machen wir jetzt?«

Ein ohrenbetäubendes Tuten verhinderte, daß ich eine Antwort geben mußte, die ich ohnehin nicht hatte.

»Die Gleisarbeiten!« erkannte Frank. »Alles paßt zusammen.«

»Irgendwie müssen wir da rein, und zwar zügig. Ich weiß nur nicht, wie.«

»Hast du etwa keinen Plan, Grappa?« Frank war entsetzt.

»Ich hatte gedacht, daß ich Schlagholz überreden kann, uns reinzulassen«, erklärte ich kleinlaut.

»Na gut«, meinte Frank entschlossen. »Dann machen wir's mit Gewalt.«

Er griff in sein Jackett und holte eine Pistole heraus. »Fahr los!« forderte er.

Soviel Entschlossenheit bei einem anderen machte mich folgsam. Ich startete den Wagen.

»Wo kriegst du eigentlich immer die Waffen her?« Ich warf Frank einen schrägen Blick zu.

»An die kommst du im Bierstädter Norden ohne Probleme heran«, klärte er mich auf. »Ist alles nur eine Frage des Preises.«

»Kannst du damit überhaupt umgehen?« fragte ich. »Im Stadtpark hast du ja ziemlich danebengeballert.«

»Sicher. Ich habe inzwischen auf einem Schießstand geübt.«

»Willst du mir nicht lieber die Knarre geben?« schlug ich vor. »Ich habe bessere Nerven als du.«

Wortlos schob er mir das Teil rüber. Es war ziemlich klein, genau das Richtige für eine zarte Frauenhand.

»Ist sie geladen?«

»Klar. Ich hab auch noch Ersatzmunition dabei.« Er klopfte auf seine Hosentasche.

»Prima«, sagte ich. »Wir erschießen jeden, der sich uns in den Weg stellt, und holen Kristin und deine Schwiegermutter raus. Hattest du dir das so vorgestellt?«

»So ähnlich.«

Wir waren vor dem Hauptportal angekommen. Der Bau ähnelte einem griechischen Tempel mit sieben korinthischen Säulen und eckigen Kapitellen. Alles war riesig und Respekt einflößend. Ich stieg aus und betätigte den Klingelknopf, der sich an dem schmiedeeisernen Tor unter dem protzigen Messingschild *Privatsanatorium Morgenröte* befand.

»Hier ist Müller. Ist es möglich, Ihr Haus zu besichtigen?«

»Haben Sie einen Termin, Frau Müller?« fragte eine Stimme durch den Lautsprecher.

»Ich gedenke, meine Tante in Ihrer Klinik unterzubringen.«

»Wer hat uns Ihnen empfohlen?«

»Einer Ihrer Pfleger. Sein Name ist Bruno Schlagholz.«

»Ach. Dann sind Sie die Dame, die eben hier angerufen hat?«

»So ist es. Herr Schlagholz hatte eigentlich zugesagt, mir das Haus zu zeigen. Doch leider ist da wohl etwas schiefgelaufen ...«

»Moment. Ich öffne.«

Der Türsummer brummte, und wir waren hinter der Absperrung.

»Klasse, Grappa«, raunte Frank, als wir forschen Schrittes Richtung Eingangstür strebten, in der bereits eine weiß gekleidete Frau auf uns wartete.

Ein paar Granitstufen hoch, und wir standen vor ihr.

»Willkommen auf Haus Morgenröte«, lächelte sie.

»Ich bin Maria Müller«, stellte ich mich vor, »und das ist mein Stiefbruder Thorsten. Es geht um unsere Tante – aber das sagte ich ja bereits.«

»Kommen Sie.« Die Angestellte ging voran, und wir gelangten in eine große, hohe Halle mit gediegener, teurer Einrichtung.

»Einen Augenblick noch«, lächelte die Empfangsdame. »Ich werde eine unserer Honorarkräfte bitten, Sie durchs Haus zu führen. Außerdem werde ich für Sie eine Mappe zusammenstellen, die Sie mitnehmen können, wenn Sie wieder gehen.«

»Vielen Dank, das ist sehr freundlich«, strahlte ich die Maus an. »Ihr Haus macht einen guten Eindruck – das sehe ich auf den ersten Blick. Nicht wahr, Thorsten?« Ich boxte Frank meinen Ellenbogen in die Seite.

»Ja, ja ... ganz toll«, stammelte er.

»Mein Stiefbruder fühlt sich nicht besonders wohl«, plapperte ich. »Er schlägt nach unserer Tante – manisch-depressiv – Sie verstehen? Die einzige Normale in unserer Familie bin ich. Kleiner Scherz, was, Thorsten?«

Frank grinste gequält.

Endlich rückte unser Führer an. Er war ein unauffällig gekleideter junger Mann, zum Glück schmächtig und ziemlich klein, das richtige Format für die Unterbringung in einer Besenkammer. Das Außergewöhnlichste an ihm war die Frisur, die nach Hundesalon aussah.

»Guten Tag, ich bin Thorsten«, begrüßte er uns.

»Ach, wie ulkig«, meinte ich. »Mein Bruder heißt auch so. Dann wollen wir mal, oder?«

Ich nickte der Frau am Empfang huldvoll zu, dann trotteten wir hinter Thorsten her.

Zunächst ging's eine breite Holztreppe hinauf, die zu einem Flur führte, an dessen Seiten wohl die Zimmer der Patienten lagen.

Thorsten öffnete eins von ihnen mit einem Generalschlüssel. Es war hell und gemütlich eingerichtet, hatte mit einem Krankenzimmer nichts gemein. Lediglich die Klinke am Türinneren war durch einen schön geschnitzten Knauf ersetzt worden, und die Fenster waren absturz- und fluchtsicher vergittert.

Das Tuten erklang.

»Was ist das denn?« fragte ich.

»Gleisbauarbeiten«, erklärte unser Führer, »nur eine kleine Belästigung, die nicht mehr sehr lange dauern wird. Gefällt Ihnen das Zimmer?«

»Sehr schön«, lobte ich. »Das richtige für Tante Rosi, oder?«

Frank nickte stumm.

»Welche Leiden haben Ihre Patienten?« fragte ich.

»Meist psychische Probleme«, antwortete Thorsten. »Depressionen, Nervenleiden, viele erholen sich in unserem Hause nach Nervenzusammenbrüchen oder persönlichen Krisen. Wir versuchen, nicht nur ärztlich zu behandeln, sondern auch eine entspannte und harmonische Atmosphäre zu schaffen.«

»Die reinste Sommerfrische«, strahlte ich. »Fast wie ein Urlaub. Gibt es einen Garten?«

»Wir haben hinter dem Haus einen sehr großen Park«, erklärte der Führer. »Ich möchte Ihnen jetzt den Speisesaal zeigen. Kommen Sie?«

Thorsten ging vor, steckte den Schlüssel wieder ins Schloß und öffnete. Diesmal hatte ich keine Lust, die gediegene Einrichtung zu loben, denn es wurde Zeit, etwas zu unternehmen.

»Wir müssen seinen Schlüssel haben«, flüsterte ich Frank zu, als Thorsten das Fenster öffnete, denn die Luft war etwas stickig.

Ich bemerkte, daß der lange Holztisch, an dem die Patienten angeblich täglich speisten, von einer ganz feinen Staubschicht bedeckt war. Hier hatte in den letzten Tagen niemand seinen Teller drauf gestellt.

»Soll ich ihn niederschlagen?« flüsterte Frank zurück. Sein Blick hatte sich an einem Kerzenleuchter aus Messing festgesaugt.

»Bloß nicht«, warnte ich. »Zuviel Blut – außerdem sollten wir die Verluste in Grenzen halten. Es reicht, wenn wir den Burschen knebeln und in irgendeinem Raum deponieren.«

»Gleich hier?«

»Später. Zuerst soll er uns noch weiter rumführen.«

Thorsten näherte sich uns erneut. »Hier muß mal ein bißchen Luft rein.«

Ich trat auf ihn zu. »Frische Luft ist was Feines«, sagte ich und drückte ihm die Pistole in die Seite. »Wenn Sie keine Zicken machen, dann passiert Ihnen nichts.«

Thorsten guckte verdutzt auf das Schießeisen und hielt erst mal den Mund.

»Keinen Mucks, ist das klar?« legte ich nach.

»Was wollen Sie?« stammelte er.

»Das Haus sehen – und zwar auch die Stellen, die nicht auf dem Besucherprogramm stehen. Die Zimmer mit den Patienten, die nicht heraus dürfen. Brigitte Burger zum Beispiel. Oder Kristin Faber.«

»Ich kenne keine Frau Burger und keine Frau Faber«, sagte Thorsten störrisch.

»Kein Problem. Dann suchen wir sie eben gemeinsam«, beschloß ich und stubste ihn mit dem Pistolenlauf Richtung Tür. »Kein Wort, kein Schreien, keine Mätzchen – sonst geht die Puste los.«

Thorsten nickte mäßig ängstlich und ging zielstrebig auf eine Tür zu, die zu einem weiteren Flur führte. Hier war die Einrichtung schon wesentlich karger, um nicht zu sagen, ärmlich. Die Türen der Zimmer waren kleiner und schienen schalldicht zu sein.

»Wo soll ich anfangen?« fragte Thorsten.

»Sie schließen jedes Zimmer auf, und wir werfen einen Blick rein«, befahl ich.

»Wie Sie wollen.« Thorsten hatte sich in sein Schicksal gefügt.

Er öffnete die Tür zum ersten Zimmer. Es war abgedunkelt, nach ein paar Sekunden erkannte ich ein Bett, einen zweitürigen Kleiderschrank, einen Tisch und zwei Stühle.

»Hier ist niemand«, stellte ich fest.

»Wir sind nicht voll belegt«, erklärte Thorsten.

»Dann führen Sie uns in die belegten Zimmer, Mann!« schnarrte ich. »Wir haben nicht alle Zeit dieser Welt.«

»Ist ja gut. Beruhigen Sie sich.«

Im Zimmer daneben lag eine zusammengekrümmte Gestalt auf dem Bett. Ich schubste Thorsten in eine Position, in der ich ihn noch mit der Waffe bedrohen konnte, und näherte mich dem Bett. Der Mann dort gab kaum Lebenszeichen von sich. Ich glaubte allerdings, ein schwaches Atmen zu hören. »Kennst du den, Frank?«

Faber trat zu der Gestalt und sah ihr ins Gesicht. »Das ist Schlagholz.«

»Ach, du Scheiße!«

Sie hatten ihn aus dem Verkehr gezogen, bevor er auspacken konnte.

»Weiter!« Panik stieg in mir auf. Wir mußten uns sputen, denn Liesel hatte uns bestimmt identifiziert, als sie auf der Straße an meinem Japaner vorbeigefahren war.

Thorsten und Frank stolperten aus dem Zimmer, wir erreichten die nächste Tür. Frank ging als erster hinein.

»Brigitte!« hörte ich ihn erstaunt ausrufen.

Ich kümmerte mich nicht um die Frau, die auf Frank zueilte. Zuerst mußte unser Führer möglichst schonend ruhiggestellt werden.

»Dahin stellen!« herrschte ich Thorsten an. »Frank, hilf mir!«

Ich schaute mich im Zimmer um: Auf einem fahrbaren Tischchen entdeckte ich eine Elastikbinde, die mir gerade recht kam. Das dürfte für Thorsten reichen, dachte ich. Ich entfernte die Schutzfolie, ließ mir seine Hände zeigen und wickelte das Band um die Gelenke. Knebeln brauchte ich ihn nicht, denn die Zimmer waren ohnehin schallisoliert. Unsanft zog ich ihn zum Fensterrahmen und schlang die Binde um den Knauf. Thorsten gab keinen Mucks von sich. Dann nahm ich ihm den Generalschlüssel ab.

»Weiter so schön brav bleiben, Thorsten«, empfahl ich ihm.

Brigitte Burger lag inzwischen an Franks Brust. Sie schien erschöpft zu sein und unter Drogen zu stehen. »Gut, daß du kommst, Frank. Du holst mich hier raus, nicht wahr?« jammerte sie.

»Wo ist Kristin? Sag mir, wo sie ist!« flehte Frank seine Schwiegermutter an.

»Ich weiß es nicht. Die haben mich die ganze Zeit eingesperrt. Ich will hier raus«, stöhnte die Frau.

»Komm, Frank«, sagte ich, »wir suchen Kristin. Deine Schwiegermutter holen wir später. Wir haben nicht mehr viel Zeit. Liesel hat uns sicher gesehen ...«

»Geh nicht, Frank«, schrie Brigitte Burger. »Er will mich doch umbringen ... weil ich weiß, was er alles getan hat.«

Das hörte sich zwar hochspannend an, doch es fehlte die Zeit, in die Tiefe zu gehen.

»Frank, wir müssen los!«

»Ich will mit«, drängelte Franks Schwiegermama.

Frank zögerte. »Wir können sie doch nicht hier lassen.«

Frau Burger hielt seine Hand. Sie war eine schmale, elegante Frau – das ältere Ebenbild ihrer todgeweihten Tochter, die vermutlich hier in diesem Haus künstlich am Leben erhalten wurde. Burger spielte ein teuflisches Spiel, um sich ein Spielzeug für sein Alter zu sichern. Und ich hatte tiefstes Mitleid mit dem Baby, das einem solchen Mann ausgeliefert sein würde.

»Wir vergessen Sie nicht«, versprach ich Frau Burger. »Wir müssen Kristin finden, das begreifen Sie doch? Danach kommen wir zurück und holen Sie. Ich verspreche es Ihnen.«

Die Frau sah mich aus leergeweinten Augen an, schien jedoch zu verstehen, denn sie sank resigniert in sich zusammen.

»Los jetzt, Frank!«

Im Augenwinkel bemerkte ich, daß sich an der Decke etwas bewegte. Ich blickte nach oben – es war eine Kamera. Jemand beobachtete uns.

Ich nahm die Pistole und entsicherte sie. Dann stürmten wir aus dem Zimmer.

Die Wahrheit?

»Guten Tag, Frau Grappa! Guten Tag, Herr Faber!« Dr. Frederik Berggrün war die Ruhe selbst. Er stand auf dem Flur und ließ sich durch die Pistole in meiner Hand überhaupt nicht beeindrucken.

»Was, zum Teufel, tun Sie denn hier?« fragte ich verblüfft.

»Ich leite diese Klinik«, lächelte er. »Überrascht?«

Sicher war ich das, doch ich meinte cool: »In dieser Geschichte ist alles möglich – sogar, daß angesehene Mediziner Patienten entführen und unter Verschluß halten.«

»Es ist nicht so, wie Sie glauben, Frau Grappa«, lächelte er. »Ich bin an dieser Sache, die Sie Entführung nennen, beteiligt, weil ich die Medizin ins nächste Jahrtausend führen will.«

»Was Sie nicht sagen.«

Berggrün blickte auf die Waffe. »Was soll denn das?« fragte er dann. »Ich habe nicht vor, Ihnen beiden etwas zu tun. Und jetzt kommen Sie.« Ohne eine Reaktion abzuwarten, stiefelte er den Flur entlang.

Wir hätten uns bequem aus dem Staub machen können, doch ich wollte endlich die Wahrheit wissen. Außerdem konnten wir nicht ohne Brigitte Burger verschwinden. Zum Glück wissen Brinkhoff und Jansen, wo wir sind, dachte ich. Ich sicherte die Pistole wieder und steckte sie in meine Tasche.

Dann rannten wir hinter Berggrün her, der schon zwanzig Meter von uns entfernt war.

»Wir sind gleich da«, kündigte der Arzt an. Ich musterte ihn. Obwohl er äußerlich ruhig zu sein schien, bemerkte ich ein bißchen Schweiß auf seiner gebräunten Stirn.

Berggrün öffnete eine Tür, wir standen in einem elektronischen Überwachungsraum. Etwa zwanzig Schwarzweißmonitore präsentierten schummrige Bilder aus diversen Krankenzimmern.

Ich trat näher. Bruno Schlagholz lag noch immer bewegungslos auf seinem Bett. »Was haben Sie mit ihm gemacht?« Ich deutete auf das leicht verzerrte Bild.

»Nichts Schlimmes. Ein Sedativum. In zwei, drei Tagen ist er wieder normal.«

»Und warum haben Sie ihn aus dem Verkehr gezogen?«

»Weil er mit Ihnen reden wollte, Frau Grappa«, antwortete der Arzt. »Er hätte mein Lebenswerk zerstören können.«

»Lebenswerk? Das hört sich aber verdammt großspurig an.«

»Mag sein. Sie werden mich aber sicher bald verstehen.«

»Dann erzählen Sie doch mal«, forderte ich ihn auf, »wenn Ihre Story wirklich so sensationell ist, dann muß sie morgen im *Bierstädter Tageblatt* stehen. Ist doch klar, oder?«

Berggrün lächelte. »Ich glaube nicht, daß Sie die Geschichte, die ich Ihnen erzählen werde, in Ihre Zeitung bringen.«

Sein Gesichtsausdruck war heiter, in den Augen glaubte ich einen Hauch von Irrsinn zu erkennen. Dann wird er Frank und mich wohl doch umbringen, dachte ich. Es wurde Zeit, an einen geordneten Rückzug zu denken – und die Story vielleicht sausen zu lassen. Aber zunächst ließ mich meine überdimensional ausgeprägte Neugier einfach abwarten.

»Wo ist Kristin?« brüllte Frank plötzlich. Er tanzte wie ein Derwisch vor der Monitorwand. »Was hast du dreckiges Schwein ihr angetan?«

»Frank, laß gut sein«, fuhr ich ihn an und packte ihn am Kragen. »Solche Ausbrüche sind hier fehl am Platz. Ich sag dir rechtzeitig Bescheid, wenn du ausrasten darfst.«

»Ich bring dich um«, fauchte Frank und wollte wieder auf den Arzt losgehen. Berggrün war für sein Alter noch ziemlich behende und wich der Attacke aus.

»Halten Sie diesen Verrückten auf Distanz«, forderte mich der Doktor auf. Sein Ton war jetzt ziemlich böse. »Ich habe weder seiner Frau etwas angetan noch seiner Schwiegermutter. Ich will Ihnen doch nur etwas erklären.«

»Er ist wieder die Ruhe selbst«, beruhigte ich ihn. »Und jetzt sagen Sie, was Sie zu sagen haben. Warum ist Kristin Faber hier? Wer ist der Vater ihres Babys? Welche Rolle spielt der alte Burger?«

»Schauen Sie.« Berggrün deutete auf einen Monitor, schaltete ihn an. Kurz darauf erschien ein Bild.

Ich sah ein Zimmer mit einem Bett, in dem Kristin Faber zu erkennen war. Sie hing noch immer an diversen Schläuchen, war zugedeckt, ihr schwangerer Bauch wölbte die Decke leicht auf. Neben dem Bett saß Burger auf einem Stuhl, hielt Kristins Hand, sprach zu ihr, streichelte den Bauch seiner Tochter.

»Mein Gott«, rief ich erschüttert aus.

Ich blickte zu Frank. Seine Augen hatten sich am Monitor festgesaugt.

»Wollen wir zu den beiden gehen?«

Ich schaute Berggrün verdattert an. »Sie meinen ...?«

»Kommen Sie.«

Ich packte Frank am Arm und zog ihn hinter mir her. »Schalte ein paar Gänge runter, Frank«, flüsterte ich ihm zu. »Sonst versaust du alles. Klar?«

Kristins Zimmer lag nicht weit entfernt vom Überwachungsraum. Vor der Tür verweilte Berggrün, legte sein Ohr an die Tür, drückte die Klinke langsam herunter. Durch die geöffnete Tür strömten Wärme und der Geruch von Medikamenten. Burger schaute nicht auf, als wir drei vor ihm standen. Er murmelte unverständliches Zeug vor sich hin.

»Er redet mit dem Kind«, erklärte Berggrün. »Seinem Kind.«

»Also hat er es doch getan?« rief ich entsetzt aus.

»Es ist nicht so, wie Sie denken, Frau Grappa«, sagte der Arzt leise, »dieses Kind hat keinen biologischen Vater.«

Ich blickte in seine eisblauen Augen, die trotz des Halbdunkels zu funkeln schienen, und mir lief ein Schauer den Rücken hinunter.

In den Weltmeeren

Leider hatten wir vergessen, auf Frank zu achten. Er war an Kristins Bett getreten, hatte sich zu ihrem Gesicht heruntergebeugt, dann war sein Blick wohl auf den schwangeren Bauch gefallen.

Ich war noch immer fasziniert von dem Bild des Vaters, der leise mit seiner Tochter sprach. Es hatte etwas Rührend-Trauriges.

So kam es, daß ich zu spät reagierte, als Franks Hand mit schnellem Griff die Pistole aus meiner Jacke zog, sie entsicherte und schoß. Der Knall war ohrenbetäubend.

Ich kapierte zunächst überhaupt nichts. Frank stand einen Meter von mir entfernt neben Berggrün, der ebenfalls nichts tat. Auf wen hatte Frank den Schuß abgegeben?

Erst als Burgers Hand vom Körper seiner Tochter abrutschte und er im Stuhl zusammensackte, wurde es mir klar.

»Du bist ein verdammter Idiot«, schrie ich und riß Frank die Knarre aus der Hand.

Berggrün kümmerte sich um den verletzten Burger, drückte einen Alarmknopf, der sich irgendwo im Zimmer befand, und sprintete wieder zu Burger hin, auf dessen Hemd sich ein dunkler Fleck von Sekunde zu Sekunde vergrößerte.

Ich lief zum Fenster und zog die Jalousetten hoch. Durch das plötzliche Tageslicht wurde die Szene wirklicher als wirklich.

Frank kauerte in einer Ecke des Raumes, Berggrün bemühte sich um Burger, der nicht mehr bei Bewußtsein war.

Endlich Geräusche auf dem Flur! Ein Pfleger und eine Krankenschwester kamen mit fliegenden weißen Kitteln in das Zimmer.

»Alarmieren Sie den Notarzt und holen Sie eine Trage«, gab Berggrün Anweisung. »Er hat eine Schußverletzung in der Brust.«

Der Pfleger sprintete zurück auf den Flur, rückte wenige Sekunden später mit einer fahrbaren Trage an. Berggrün und die Krankenschwester hievten Burger hoch.

»Zu spät«, murmelte Berggrün. Er hatte Burgers Augenlid hochgezogen und seinen Herzschlag überprüft. »Exitus.«

Ein irres Lachen schrillte durch das Zimmer. Es gehörte Frank Faber. Jetzt dreht er endgültig durch, dachte ich und sagte: »Wir müssen die Polizei rufen. Wo ist ein Telefon?«

»Natürlich«, stimmte Berggrün zu. »Kommen Sie, wir gehen in mein Büro.«

»Was machen wir mit ihm?« Ich deutete auf Frank, der noch immer vor sich hinkicherte, als habe er einen Jahrhundertwitz verstanden.

»Bringen Sie ihn in ein leeres Zimmer und nehmen Sie ihm alles ab, womit er sich verletzen könnte«, befahl Berggrün dem Pfleger.

Mit zitternden Knien folgte ich dem Chefarzt in sein Büro. Dort wählte ich die Durchwahl von Hauptkommissar Brinkhoff. Ich gab ihm eine stark gekürzte Fassung der Ereignisse und bat ihn, so schnell wie möglich anzurücken.

»Setzen Sie sich so lange!« Berggrün deutete auf einen Ledersessel, in den ich mich fallen ließ.

»Kann ich einen Kaffee bekommen?« fragte ich.

»Kein Problem.« Er setzte sich hinter einen großen Holzschreibtisch und orderte telefonisch.

»Und jetzt bin ich gespannt, was Sie mir zu erzählen haben.«

Berggrün lehnte sich entspannt in seinem Stuhl zurück. »Vor etwa einer Milliarde Jahren trafen sich in irgendeinem Weltmeer zwei seiner Bewohner und vermischten ihr Erbgut miteinander – die Natur hatte die Fortpflanzung erfunden. Seit dieser Zeit bevölkern zwei Geschlechter unseren Planeten. In den Millionen Jahren danach entfaltete sich eine unerschöpfliche Zahl von Lebensformen – allein dadurch, daß sich väterliche und mütterliche Erbanlagen zu immer wieder neuen Varianten zusammenfanden.«

»Okay«, sprach ich in seine Pause, »insoweit waren mir die Grundzüge der Fortpflanzung auch bekannt. Wo ist die Pointe?«

»Seien Sie nicht so ungeduldig«, bat Berggrün. »Im Februar 1997 gab es einen einschneidenden Wendepunkt in der Geschichte des Lebens.«

»Dolly?« fragte ich.

Berggrün nickte.

Die Bilder des Klonschafes Dolly, das mit unschuldigen großen Augen sein wolliges Haupt durch einen Bretterverschlag steckte, erschienen vor meinen Augen. Auf den ersten Blick ein ganz normales Schaf, das nicht weiß, daß es vaterlos und die exakte genetische Kopie eines anderen Schafes ist.

»Kristin Faber trägt also ein Kind aus, das die Kopie eines anderen Menschen ist.«

»So ist es.«

»Sie spielen Gott!« wandte ich ein.

»Wer ist Gott?«

»Die Natur.«

»Die Natur klont doch auch. Denken Sie an eineiige Zwillinge.«

»Das Klonen von Menschen ist verboten. Wenn das herauskommt, sind Sie nicht nur Ihre Zulassung los, sondern werden auch noch bestraft.«

»Das weiß ich«, lächelte der Arzt. »Doch einen ernsthaften Forscher kann niemand mit hirnrissigen Gesetzen an seiner Arbeit hindern. Die wissenschaftliche Forschung muß frei sein – sonst gibt es keinen Fortschritt auf dieser Welt.«

»Warum Kristin Faber?«

»Ihr Vater hat mir alle Möglichkeiten gegeben, dieses Experiment erfolgreich durchzuführen. Es war die Chance meines Lebens, die Reproduktionsmedizin ein sensationelles Stück weiterzubringen.«

»Hört sich alles gut an – von Standpunkt eines Mediziners betrachtet«, räumte ich ein. »Doch jetzt kommt der springende Punkt: Kristins Baby ist wessen Klon?«

»Der eigene.«

»Sie reproduziert sich selbst?« fragte ich fassungslos.

»So ist es.«

»Burger verliert die Tochter und gibt eine zweite in Auftrag?«

»So könnte man es sagen.«

Es klopfte an der Tür. Hoffentlich ist es die Polizei, dachte ich in plötzlicher Panik.

Aber es war nicht Anton Brinkhoff, sondern eine Küchenkraft mit dem von mir ersehnten Kaffee. Ich goß ein und trank die heiße, braune Brühe.

»Wie wird das Kind das alles später verkraften?« sinnierte ich. »Wenn ich wüßte, daß ich das Ergebnis verbotener genetischer Forschung wäre, fände ich das sicherlich nicht lustig.«

»Beim Klonen entstehen völlig normale Lebewesen, die nur die Besonderheit haben, wie jemand anderes auszusehen. Ob sie sich identisch verhalten, ist schon fraglich, denn beim Verhalten des Menschen kommt es ja hauptsächlich auf die Umwelt an, in der er sich bewähren muß. Die Klone haben dieselben Menschen- und Bürgerrechte wie alle anderen Menschen auch – weil sie nämlich Menschen sind.«

»Mir läuft es kalt den Rücken herunter«, gab ich zu. »Wie soll ich das nur den Lesern des *Tageblattes* erklären? Ein Teil unserer Abonnenten hält Klone bestimmt noch für Zirkusartisten.«

Es klopfte wieder. Diesmal war es Hauptkommissar Anton Brinkhoff, im Schlepptau Peter Jansen und ein paar Grünröcke.

»Gott sei Dank«, murmelte ich erleichtert. »Endlich mal ein paar Menschen aus der richtigen Welt.«

»Ich hab dir gleich gesagt, daß du diesen durchgeknallten Faber zu Hause lassen sollst«, brummte Jansen. »Aber Grappa-Baby weiß natürlich mal wieder alles besser.«

»Nenn mich nie wieder Grappa-Baby«, stöhnte ich. »Ich kann das Wort ›Baby‹ nicht mehr hören.«

»Wo ist Faber?« Brinkhoff wurde dienstlich. »Wo ist die Tatwaffe? Wo ist die Leiche?«

Ich gab Auskunft, der Hauptkommissar setzte seine Spurensicherer in Trab.

»Sie sind also der Chef der Klinik hier«, stellte Brinkhoff mit Blick auf Berggrün fest. »Warum haben Sie Ihre eigene Patientin entführen lassen?«

»Es geschah mit der Genehmigung des Vormundes«, verteidigte sich der Arzt. »Herr Burger hatte Angst, daß sein

Schwiegersohn Frank Faber das Kind und seine Frau töten würde. Eine Sorge, die ja ziemlich berechtigt war – wenn man den aktuellen Verlauf der Ereignisse verfolgt.« Dr. Frederik Berggrün war wieder ganz der Überlegene, den nichts aus der Fassung bringen konnte.

»Sie haben eine Straftat vorgetäuscht«, stellte Brinkhoff unbeeindruckt fest. »Das wird Konsequenzen haben.«

»All das geschah nur zum Schutz der Patientin. Als Arzt bin ich verpflichtet, Leben zu schützen. Das sagt ja wohl alles, oder?« verteidigte sich Berggrün.

»Fragt sich nur, wer das neue Leben, das in Ihrer Patientin heranwächst, verursacht hat«, mischte sich Peter Jansen ein. »Gibt's denn darüber inzwischen Klarheit?«

»Das ist eine lange und vor allen Dingen komplizierte Geschichte«, berichtete ich und warf Jansen einen warnenden Blick zu. Er verstand. Journalisten sollten wichtige Fragen und Rechercheergebnisse nicht im Beisein von polizeilichen Ermittlungsbehörden klären.

»Was wissen Sie über den Mord an Dr. Cornett?« wollte der Hauptkommissar wissen.

Ach ja, dachte ich, den gibt's ja auch noch.

»Cornett hat Dr. Burger erpreßt«, wußte Berggrün zu vermelden. »Er kannte den Vater des Kindes.«

»Was?« entfuhr es mir. Welche Geschichte wollte Berggrün jetzt auftischen?

»Mein Oberarzt hat an der Patientin eine intrauterine Insemination auf Wunsch des Vaters vorgenommen.« Berggrün blieb ganz cool.

»So ein Quatsch«, trompetete ich los. »Sie haben mir doch eben was von einem Gen-Experiment erzählt ...«

»Sie müssen da etwas falsch interpretiert haben, gnädige Frau«, meinte Berggrün freundlich. Und zum Hauptkommissar gewandt: »Laien sind bei medizinischen Fragen oft etwas – na ja – begriffsstutzig.«

Ich wollte ihm eins verpassen, doch Jansen raunte mir zu: »Halt die Klappe, Grappa!«

»Und weiter?« nahm Brinkhoff den Faden wieder auf.

»Ich hatte natürlich keine Ahnung. Burger hat Cornett Geld dafür gegeben, und später konnte Cornett nicht genug kriegen.«

»Und wessen Samen – verdammt noch mal – wurde der armen Frau injiziert?« Brinkhoff verlor langsam sein gutes Benehmen.

»Burgers Samen. Sonst hätte Cornett ihn ja wohl nicht erpressen können, oder?«

»Und Burger hat Cornett getötet?«

»Er hat es mir gegenüber gestanden.« Das hatte sich Berggrün fein ausgedacht.

»Schade, daß wir ihn nicht mehr fragen können«, stellte ich mit giftigem Blick auf den Arzt fest. »Denn er ist ja leider mausetot.«

»Durch Ihr Versagen, Frau Grappa. Denn wer hat sich die Waffe abnehmen lassen, mit der Burger erschossen wurde?«

Brinkhoff guckte mich fragend an, mir blieb nichts anderes übrig, als zu nicken.

Namen und Nummern

Eine knappe Stunde später war vor Ort alles geregelt, wir hätten abrücken können. Frank war auf dem Weg in die grüne Minna, Brigitte Burger und Bruno Schlagholz lagen schon im Notarztwagen. Brinkhoff wollte gerade seinen Dienstwagen besteigen, Jansen und ich meinen Japaner. Da kam sie angerauscht.

Liesel Faber stöckelte die Auffahrt hinauf, bestückt mit einigen Einkaufstüten, die sie heiter hin und her schwenkte. Sie sah wieder blendend aus – wie einem Katalog für Versandhausmoden frisch entstiegen. Als sie mich sah, gefror ihr Gesichtsausdruck.

»Liesel!« Frank hatte seine Schwester erblickt. Seine Stimme war heiser.

»Frank!« schrie Liesel. Sie ließ die Einkaufstüten dort fallen, wo sie stand, und preschte auf ihren Stiftabsätzen in einem Affenzahn zu ihm hin. Wenn ich in solchen Schuhen rennen müßte, dachte ich, würde ich nach drei Schritten umfallen und wäre tot.

»Was hast du getan?« fragte Liesel mit der Stimme einer besorgten, großen Schwester. Sie musterte den Polizeiwagen und die Beamten mit finsterem Blick.

»Sag endlich, um was es hier geht«, wiederholte sie.

»Ich hab ihn erledigt!« frohlockte der blonde Frank.

»Wen? Berggrün?« Liesel ging ziemlich ins Detail.

»Nein. Burger«, sagte Frank wahrheitsgemäß.

»Was hast du?« Ihre Stimme wurde hysterisch.

»Ich hab ihn erschossen.«

»Ist das wahr?« Liesel blickte in die Runde, die sich um sie und ihren Bruder gebildet hatte.

»Frank hat recht«, antwortete ich. »Ein Schuß in die Brust – und tschüs.«

Liesels Miene verzerrte sich. Sie schaute ihren Bruder an. Der guckte, als ob er von ihr Lob für seine Tat erwartete. Doch Liesel hob die spitzbenagelte Hand und scheuerte ihm eine.

»Du bist so dämlich«, kreischte sie los. »Du hast mein Leben kaputt gemacht.« Und wieder wollte sie zulangen, doch die Polizisten waren diesmal schneller und verhinderten die geplante Attacke.

Irgendwas ist hier im Busch, dachte ich, und ich muß rauskriegen, was.

»Aber Liesel«, sagte ich mild und trat zu ihr hin. »Wer wird denn durchdrehen? Frank wird nicht viel passieren –

er ist psychisch am Ende. Kein Grund zur Sorge also. Er kommt in eine Klinik und darf bestimmt bald wieder raus – zu seiner lieben Schwester.«

Schwesterchen warf mir einen Blick zu, der eine Eiche auf Anhieb gefällt hätte.

»Seien Sie nett zu ihr«, bat ich die Polizisten. »Sie hat nun mal ein bißchen Temperament, unsere Liesel.«

»Sagen Sie nicht immer Liesel zu mir, Sie verdammte Schlampe«, giftete Liesel. »Ich heiße Libussa. Libussa heiße ich. Kapieren Sie das endlich? Libussa – Sie blödes Miststück.«

»Namen sind so vergänglich«, philosophierte ich. »Sie kommen und gehen in einer Welt von Zahlen und Nummern.«

»Nummern?« Jetzt hatte ich ihr eine Steilvorlage geliefert. »Dein Freund wußte meine Nummern aber zu schätzen!« Hämisches Gelächter perlte aus Liesels herzförmig gemalten Mund.

Ich schloß die Augen, und da war wieder jenes Bild. Die Wut kroch aus dem Hirn in meinen Körper, ich spürte die brennende Hitze des Hasses.

»Reiß dich zusammen, Grappa!« raunte mir Jansen zu. »Alles, was du jetzt sagst, ist unter deinem Niveau. Also halt die Klappe.«

»Du hast recht«, murmelte ich. »Es spielt sowieso keine Rolle mehr.«

Kein Beweis

»Das Kind, das Kristin bekommt, ist nicht das Kind einer Vergewaltigung, sondern das Kind eines Genexperimentes. Kristin bringt eine identische Kopie von sich selbst auf die Welt – einen sogenannten Klon.«

In Jansens Blick lag tiefes Nichtverstehen und gleichzeitig schieres Entsetzen. Wir saßen in der Redaktion des *Bierstädter Tageblattes* und hielten Kriegsrat.

»Und wie macht man sowas?«

»Berggrün hat's mir erklärt. Er hat aus einem unbefruchteten Ei das Erbgut entfernt. In einem Reagenzglas hat er dann das Erbmaterial von Kristin in dieser Zelle untergebracht und versucht, beide Zellen miteinander zu verschmelzen – mit leichten Stromstößen. Die zusammengesetzten Zellen begannen sich zu teilen, und Berggrün pflanzte sie in Kristins Gebärmutter ein, wo sie sich immer weiter teilten und zum Fötus wurden.«

»Und dieses Kind wird normal sein?« Jansen war totenblaß.

»Die Schwangerschaft nimmt einen problemlosen Verlauf, das Baby ist gut entwickelt.«

»Das Klonen von Menschen ist verboten. Sollen wir ihn in unserem Blatt an die Wand nageln?« fragte Jansen.

»Und wie?« gab ich zurück. »Ich habe keinen einzigen Beweis für das verbotene Genexperiment. Das Geständnis hat er mir unter vier Augen gegeben – du hast ja gehört, was er Brinkhoff gegenüber ausgesagt hat. Da war's plötzlich nur eine künstliche Befruchtung.«

»Und was sollen wir dann unseren Lesern erzählen? Wir müssen die Geschichte doch irgendwie beenden.«

»Wir berichten, daß die Koma-Patientin in eine Spezialklinik gebracht worden ist und daß die Schwangerschaft gut verläuft. Das ist alles. Und wenn das Kind geboren ist, bringen wir ein Foto von ihm. Und danach kommt die kurze Notiz, daß Kristin Faber tot ist – nachdem die lebenserhaltenden Maschinen endlich abgeschaltet worden sind.«

»Vielleicht hast du recht«, stimmte Jansen zu. »Manche Stories sind nichts für die große Öffentlichkeit. Und die hier scheint so eine zu sein.«

Mädchenmund

In meiner Wohnung nahm ich ein ausgiebiges Bad, cremte mich ein, legte mich aufs Sofa und zog mir eine Wolldecke über den Körper. Es dauerte nicht lange, bis ich eingeschlafen war. Irgendwann schreckte mich ein Telefonklingeln hoch. Ziemlich benommen griff ich nach dem Hörer.

»Grappa?« sagte Nik. »Ich bin froh, daß dir nichts passiert ist.«

»Hallo«, nuschelte ich.

»Was ist mit dir?« fragte er besorgt.

»Es ist alles in Ordnung. Ich habe nur gerade geschlafen.«

»Brinkhoff hat mich angerufen und mir alles erzählt. Bist du wirklich okay?«

»Sicher. Sag mir lieber, wie es dir geht.«

»Ich werde morgen aus dem Krankenhaus entlassen.«

»Schön. Wo wirst du wohnen?«

»Zunächst im Hotel. Danach fahre ich zur Kur, damit ich wieder voll arbeitsfähig werde. Mein Arbeitgeber besteht darauf.«

»Ich hoffe, daß du bald wieder völlig hergestellt sein wirst«, sagte ich mit belegter Stimme. »Alles Gute, Nik.«

»Ist das alles?« Es klang bitter.

»Was hast du erwartet?«

»Etwas Verständnis.«

»Wir können ja in Kontakt bleiben.«

»Gute Freunde bleiben, oder?« Er lachte verletzt. »Du bist hart, Grappa.«

Ich legte den Hörer auf. Wenig später war ich wieder eingeschlafen, erwachte in der Nacht, aß eine Schnitte Brot und fiel wieder ins Bett, um am nächsten Morgen völlig erschlagen aufzuwachen.

Wirre Träume hatten mich die letzten Stunden begleitet – von Monsterbabys, die sich glichen wie ein Ei dem anderen, von einem Mann mit Schlafzimmerblick, den ich einstmals geliebt hatte, von einer aufgeblähten Frau, die sich nicht gegen das wehren konnte, was in ihrem Bauch heranreifte.

Als ich frisch geduscht am Frühstückstisch saß, war ich mittendrin in einer tiefen Depression. Auch der starke Kaffee konnte meine Lebensgeister nicht in Schwung bringen. Ich öffnete eine Flasche Sekt, um den Kreislauf meines Blutes wieder zu spüren.

Ärgerlich registrierte ich, daß jemand schellte. Mit dem Glas in der Hand schlurfte ich zur Tür und sah durch den Spion. Es war Nik. Ich atmete durch.

»Was willst du?« fragte ich durch das Holz.

»Mit dir reden – und mich verabschieden.«

Zögernd öffnete ich und ließ ihn herein. Er ging an mir vorbei ins Wohnzimmer.

Ich folgte, blieb in einiger Entferung stehen. Er trug einen Arm noch in der Schlinge, war bleich und hatte an Gewicht verloren. Die grauen Augen waren matter, als ich sie in Erinnerung hatte, das ohnehin scharf geschnittene Gesicht war in den Konturen noch härter geworden, graue Fäden durchzogen das dunkle, volle Haar. Der Dreitagebart stand ihm gut.

Ich sah an mir herunter. Meine Füße waren nackt, ich trug nur schwarze Leggings und ein weites kornblumenblaues Männerhemd, dessen Arme mir viel zu lang waren.

»Ich bin nicht auf Besuch eingestellt«, murmelte ich, »ich bin noch nicht einmal geschminkt.«

»Ich weiß, wie du ungeschminkt aussiehst«, lächelte er. »Du erinnerst dich, daß wir mal zusammengelebt haben?«

Nik trat dicht an mich heran. Er legte seine Lippen auf meine. Sein Mund ist noch immer zu weich für einen Mann, dachte ich, fast ein Mädchenmund.

»Was hast du?« fragte er verdattert.

»Es hat keinen Sinn mehr, Nik.«

»Wegen eines Seitensprungs?«

Ich dachte an den Slip in Franks Wohnung und an das Bett, das Nik und Liesel dort mehrmals benutzt benutzt hatten. Von wegen *ein* Seitensprung.

Eine Minute später war ich allein. Und das war gut so.

Schutz des Ungeborenen

Ich brezelte mich auf, marschierte dann schnurstracks ins Polizeipräsidium und rückte Hauptkommissar Anton Brinkhoff auf die Bude.

»Hallo, Frau Grappa«, begrüßte er mich – inmitten eines Aktenturms sitzend. »Es hat wohl keinen Sinn, Sie an die Pressestelle zu verweisen?«

»Absolut keinen«, strahlte ich und zog mir einen Stuhl heran. »Was gibt's Neues, Herr Hauptkommissar?«

»Hier ist das Chaos ausgebrochen«, bekannte er stöhnend. »Frank Faber hat bei seiner Vernehmung den wilden Mann gespielt, und zwar so, daß wir ihn in eine dieser weißen Jacken stecken mußten, deren Ärmel hinten zusammengenäht sind.«

»Also ist er wieder in der Psychiatrie?«

»Immer noch besser für ihn, als wenn er in die Hände seiner Schwester gerät«, meinte Brinkhoff trocken. »Haben Sie eine Ahnung, warum die sich so schrecklich aufgeregt hat?«

»Nee. Interessiert mich im Moment auch nicht.«

»Faber hat im übrigen zugegeben, auf Nik Kodil geschossen zu haben – aus Versehen. Jetzt suchen wir nur noch die Tatwaffe.«

»Die befindet sich in meinem Besitz«, erinnerte ich mich wieder.

»Wieso das?«

Ich erzählte Brinkhoff von dem Waffenfund in meinem Wagen und von dem Verdacht, daß mich Liesel auf diese Art hatte aus dem Verkehr ziehen wollen.

»Sie liegt im Safe der Redaktion«, schloß ich mein Geständnis. »Kodil weiß im übrigen, daß Frank der Schütze war – doch er will ihn nicht anzeigen. Könnten Sie's nicht auch vergessen? Frank hat schon genug Streß am Hals.«

»Geht nicht«, stellte Brinkhoff fest. »Offizialdelikt. Bringt ihm vor Gericht aber auch nicht mehr ein. Immerhin hat er Burger erschossen, da spielt der Anschlag auf Kodil keine Rolle. Wie wär's mit Kaffee – wenn Sie schon mal hier sind?«

»Da sage ich nicht nein.«

Als Brinkhoff zur Anrichte ging, um mir einzuschenken, warf ich einen schnellen Blick auf seinen Schreibtisch. Auf ihm lag die protokollierte Aussage von Bruno Schlagholz. Brinkhoff ist ganz schön schnell, dachte ich.

»Wie geht es Schlagholz?« fragte ich, als der Kommissar mir den Becher Kaffee reichte. »Er wollte ja auspacken – so hat er's wenigstens angekündigt.«

»Hat er auch«, gab Brinkhoff zu. »Er will von Burger Geld bekommen haben, um Dr. Cornett umzubringen. Cornett hat Burger gnadenlos erpreßt.«

»Hat er den Mord gestanden?«

»Nein – angeblich hat er abgelehnt. Nach der Aussage von Schlagholz hat es Burger selbst getan. Doch zum Zeitpunkt des Mordes war Burger gar nicht in Bierstadt. Das haben wir längst überprüft. Also halten wir uns weiter an Schlagholz.«

»Der Fall ist für die Polizei also geklärt?«

»So ziemlich«, bestätigte er meine Befürchtung.

»Und Dr. Berggrün?«

»Was soll mit ihm sein?«

»Er ist sicher bei seiner Aussage geblieben.«

»Ja. Er hat erst sehr spät gemerkt, daß Dr. Cornett bei der Patientin eine künstliche Befruchtung vorgenommen hat. Zu spät, um noch abzutreiben. Es ging ihm letztendlich um den Schutz des ungeborenen Lebens.«

»Ein Mann mit wunderbaren ethischen und moralischen Grundsätzen«, schwärmte ich. »Und da sage noch einer, Wissenschaftler seien skrupellos.«

Fast ein Ende

Koma-Patientin schenkt gesundem Mädchen das Leben – titelte ich fünf Monate später.

Gestern morgen gegen fünf Uhr. Drei Ärzte und mehrere Krankenschwestern beginnen damit, ein Baby auf die Welt zu holen. Sie haben es tausend Mal zuvor getan, doch gestern war alles anders. Das Kind ist von einer Mutter ausgetragen worden, die seit vielen Monaten im Koma liegt und nur durch medizinische Apparate am Leben erhalten wird. Die Ärzte entschieden sich für einen Kaiserschnitt, kurze Zeit danach hatten sie das Kind ans Licht geholt. Nach Informationen unserer Zeitung ist das Neugeborene gesund. Es soll – wie seine Mutter – Kristin heißen. Die Ärzte haben in Absprache mit der Mutter der Koma-Patientin beschlossen, die lebenserhaltenden Maschinen nun abzuschalten. »Meine Tochter soll jetzt in Würde sterben«, so Brigitte B. »In ihrem Kind lebt sie ein Stück weiter. Ich werde dem Kind viel Liebe geben.«

»Hoffentlich tut sie das wirklich«, sinnierte Peter Jansen, als er meinen Artikel gegengelesen hatte. »Ist die Sache jetzt für uns erledigt?«

»Vielleicht noch eine Notiz, wenn Kristin Faber wirklich erlöst ist«, sagte ich. »Und vielleicht schau ich in einem Jahr mal bei Brigitte Burger vorbei und gucke mir das Klon-Baby an. Ich würde gern mal wissen, wie ich mich fühle, wenn ich in die Augen eines sensationellen Gen-Experimentes auf zwei Beinen schaue.«

»Das Kind wird seine Windeln vollscheißen wie jedes Baby, irgendwann Zähne kriegen und brüllen wie am Spieß.«

»Und in zwanzig Jahren wird die neue Kristin als 20jährige über die Straße stöckeln, Frank ist inzwischen – na ja – 55 Jahre alt, sieht sie und entbrennt in aussichtsloser Liebe für das schöne Kind. Stoff für ein Drehbuch – findest du nicht?«

»Dann schreib doch eins, Grappa-Baby!«

»Dazu fehlt mir das Talent. Und ein Gefühl für Dramatik und Inszenierung habe ich auch nicht.«

»Ich finde dich und deinen Charakter eigentlich ausreichend dramatisch, Grappa! Ein bißchen mehr wäre entschieden zu viel.«

Unheimliche Begegnung

Es war inzwischen Winter geworden. Das Wetter war genauso trüb wie meine seelische Verfassung. Kristin Faber war inzwischen gestorben – die Ärzte hatten die vielen Maschinen abgeschaltet. Nach einem genau vorgeschriebenen Ritual stellte eine Ärztekommission zuvor den Hirntod fest – Kristin hatte es endlich hinter sich.

Bruno Schlagholz konnte der Auftragsmord an Cornett nachgewiesen werden – er wurde vor Gericht gestellt und verurteilt. Frank Faber war noch immer nicht verhandlungsfähig – er dämmerte in einer noblen Klinik außerhalb Bierstadts vor sich hin. Brigitte Burger finanzierte das Ganze – immerhin war sie jetzt eine wohlhabende Witwe mit einem niedlichen Enkelkind, das sich prächtig entwickelte.

Von Brinkhoff erfuhr ich, daß Nik Kodil in eine andere Stadt gezogen war – Verbrechen und Verbrecher gibt es schließlich überall. Nur von Liesel Faber hatte ich seit dem Auftritt vor der Klinik nichts mehr gehört, was mich nicht sonderlich störte.

Bis zu jenem Abend. Ich zappte durch die abendlichen Fernsehprogramme, blieb mal hier, mal da hängen, schließlich landete ich bei einer Boulevard-Talkshow eines reißerischen Privatsenders. Dort saß sie: Liesel Faber, in einen knallroten Ledersessel hingegossen, ganz in Schwarz gekleidet, das Blondhaar frisch gelockt, das Gesicht perfekt geschminkt. Als die Kamera zur Halbtotalen aufzog, traf es mich wie ein Schlag: Liesel Faber war unübersehbar schwanger, sie präsentierte stolz ihren prallen Bauch dem Studiopublikum und den Zuschauern zu Hause. Nik, schoß es mir durch den Kopf.

Dann eröffnete der Moderator die Runde und stellte die Studiogäste vor. Alles rauschte an mir vorbei, ich hörte erst wieder hin, als Liesel sagte: »Ich bin Libussa Faber, Schauspielerin und Model. Ich habe mich für ein medizinisches Experiment zur Verfügung gestellt.«

Jetzt schwante mir, wohin der Hase laufen würde.

Der Moderator kündigte einen Einspielfilm über Libussas Schicksal an. Das Band wurde abgefahren: Liesel-Libussa beim Spaziergang im Wald, in ihrer kleinen Wohnung, bei einem Foto-Termin für ein Multivitamin-Produkt.

»Damals war ihr noch nicht bewußt, auf was sie sich eingelassen hat«, erzählte eine Sprecherin im Off. »Erst als das Baby in ihrem Bauch heranwuchs, wurde ihr klar, daß sie Opfer eines skrupellosen Wissenschaftlers geworden war, der an ihr ein verbotenes Gen-Experiment durchgeführt hat. Jetzt trägt sie ein geklontes Kind.«

Ich lief zum Telefon, ließ mir durch die Auskunft eine Nummer heraussuchen und wählte.

Nach einer Weile meldete sich Dr. Frederik Berggrün.

»Schalten Sie mal die Talk-Show *Gnadenlos* ein«, bat ich ihn. »Sie werden gleich namentlich erwähnt.«

Im Hintergrund hörte ich, wie der Moderator den angesehenen Leiter der Bierstädter Kliniken Dr. Berggrün der Verstöße gegen Ethik, Moral, der Menschlichkeit und vieler Gesetze bezichtigte. Er kündigte zudem ein medizinisches Gutachten an, das die Angaben von Libussa Faber untermauern würde.

»Ich habe ihr doch Geld gegeben«, stammelte Berggrün durchs Telefon. »Viel Geld. Warum tut sie das?«

»Wahrscheinlich war's nicht genug«, mutmaßte ich.

»Das ist das Ende«, flüsterte er. »Noch kann niemand verstehen, welche Leistung ich vollbracht habe. Man wird mich fertigmachen.«

»Was werden Sie jetzt tun?«

Er gab keine Antwort mehr, hatte aufgelegt.

Dumm gelaufen, dachte ich und empfand ein bißchen Mitleid mit ihm. Von einer Frau wie Liesel ausgetrickst zu werden, war bestimmt kein angenehmes Gefühl – wer wüßte das besser als ich.

Dr. Frederik Berggrün injizierte sich noch in dieser Nacht ein tödliches Gift. In einem Abschiedsbrief legte er ein Geständnis ab und teilte mit, daß er die Protokolle seiner beiden erfolgreich durchgeführten Klon-Experimente in seinem Safe deponiert hatte. Er habe nichts anderes gewollt, als Medizin und Wissenschaft ein sensationelles Stück weiterzubringen.

Doch wessen Kopie hatte er Liesel eingepflanzt? Noch nicht einmal die Leihmutter wußte es.

Ich nahm mir vor, die Geschichte von Leben und Tod, Liebe und Betrug, Größenwahn und Ehrgeiz doch noch zu schreiben. Irgendwann einmal.

Krimis von Gabriella Wollenhaupt I

Grappas Versuchung
ISBN 3-89425-034-8
Der erste Krimi mit Maria Grappa
»Ein spannender Stoff, eine köstlich ironische Auseinandersetzung mit der Region. Und wenn es der Autorin gelingt, die Figur der Maria Grappa mit all ihren Brüchen, Schrullen und Vorurteilen als Rolle zu verdichten, dann hat sie eine Kunstfigur geschaffen, mit der sie in weitere Abenteuer ... ziehen kann.« (WDR)

Grappas Treibjagd
ISBN 3-89425-038-0
Der zweite Krimi mit Maria Grappa
Laura Gutweil, Psychologin und Therapeutin von sexuell mißbrauchten Mädchen, wird während einer Party ermordet. Reporterin Maria Grappa macht Jagd auf einen geheimnisvollen »Onkel Herbert«, der seit Jahren in Bierstadt sein Unwesen treibt.

Grappa macht Theater
ISBN 3-89425-042-9
Der dritte Krimi mit Maria Grappa
Ein Theaterkritiker Nello wird entführt und ermordet. Beherrscht ein Geheimbund die Kulturszene in Bierstadt? Ein Möchtegern-Intendant, der lokale Schullyriker, der zynische Kulturdezernent und die junge Schauspielerin - sie alle sind in Grappas Augen verdächtig.

Grappa dreht durch
ISBN 3-89425-046-1
Der vierte Krimi mit Maria Grappa
Sprang Fernsehjournalist John Masul freiwillig vom Dach des City-Center oder half jemand nach? Maria Grappa erhält den Job des Toten. Bald bemerkt die Reporterin, daß bei TELEBOSS nicht nur Filme über Schützenfeste und Krötenwanderungen gedreht werden ...

Grappa fängt Feuer
ISBN 3-89425-050-X
Der fünfte Krimi mit Maria Grappa
Maria Grappa entflammt in Hellas für den schwarzgelockten Apoll; doch der in der Mythologie erfahrene Mörder aus der Bierstädter Reisegruppe bleibt cool.

grafit

Krimis von Gabriella Wollenhaupt II

Grappa und der Wolf
ISBN 3-89425-061-5
Der sechste Krimi mit Maria Grappa
Dubiose BKA-Leute und Plutonium-Schmuggler in Bierstadt, ein Killer mit Stil, einige Allzufrühverstorbene und mittendrin Maria Grappa.

Killt Grappa
ISBN 3-89425-066-6
Der siebte Krimi mit Maria Grappa
Der bekannte Schönheitschirurg Dr. Oktavio Grid wird in seinem Ehebett abgeschlachtet - Racheakt einer verunstalteten Patientin, Verzweiflungstat der gequälten Ehefrau oder Ritualmord einer obskuren Sekte? Maria Grappa macht mit dem Satanismus Bekanntschaft.

Grappa und die fantastischen Fünf
ISBN 3-89425-076-3
Der achte Krimi mit Maria Grappa
Unter den Trümmern der gesprengten Bibliothek findet man die Leiche des bekanntesten Bierstädter Teppichhändlers. Dann wird die Stadt erpreßt und der Stop des Flughafenausbaus gefordert.

Grappa-Baby
ISBN 3-89425-207-3
Der neunte Krimi mit Maria Grappa
Seit fünf Monaten liegt Kristin Faber im Koma; nun ist sie im dritten Monat schwanger. Wer oder was steckt dahinter?

Zu bunt für Grappa
ISBN 3-89425-224-3
Der zehnte Krimi mit Maria Grappa
Ein Kollege, zwei Tote und drei Fragen beschäftigen Maria Grappa bei ihrem Aufenthalt in der Provence: Wem gehört der braune Hund? Ist der unbekannte van Gogh wirklich echt? Und kann sie Antonio Cortez, ihrem neuen Liebhaber, vertrauen?

Krimis von Hartwig Liedtke

Klinisch tot

ISBN 3-89425-018-6 DM 14,80 4. Auflage

Dr. Thomas Bremer (35), ehrgeiziger Schwiegersohn des Chefarztes Prof. Eichstätt, stirbt bei einem Autounfall. Kommissarin Ulrike Bohlmann und ihre Kollegen Schmalenberg und Söns vom 1. Kommissariat der Kölner Kripo lernen bei ihren Ermittlungen die intrigenreiche Welt der Krankenhausärzte kennen, wo Streß und Konkurrenzkampf herrschen.

»Starker Tobak von einem, der sich nicht anpassen will«
(Kölner Stadt-Anzeiger)

»Ein spannender, gut erzählter Krimi mit witzigen Dialogen, der viele Interna aus dem Ärzte- und Klinikdschungel preisgibt.«
(Radio Leverkusen)

Tod auf Rezept

ISBN 3-89425-032-1 DM 14,80 2. Auflage

Nominiert zum »Glauser 1993«

Der fußballgroße Tumor, den das Chirurgenteam aus der Bauchhöhle des Patienten schneidet, ist eine zuckende Masse aus Blut und Plasma.

»Liedtke kennt das Milieu: Was er erzählt, klingt zwar haarsträubend, aber wahr.« (Sächsische Zeitung)

»Autor Hartwig Liedtke verschreibt den Tod auf Rezept. Als Arzt kennt er sich bei den ›Göttern in Weiß‹ aus und läßt erst mal einen 3000-Liter Bottich mit stinkender Brühe explodieren.« (BILD)

Scharfe Schnitte

ISBN 3-89425-077-1 DM 16,80 2. Auflage

Der Klinikarzt Dr. Rudolf Zahnstein wird an seinem Arbeitsplatz ermordet - Tat eines rachsüchtigen Patienten oder eines mißgünstigen Kollegen? In seinem dritten Krimi erzählt der Autor auf packende Art vom Klinik-Alltag in den Zeiten des Rotstifts. Das Buch knüpft an Personen und Handlungen des Krimis *Klinisch tot* an. Keine seicht-sentimentale Klinik-Soap, sondern richtiger Mord und Totschlag im Milieu der »Götter in Weiß«.

grafit

azliedtke.1198.cdr5